鬼人幻燈抄（きじんげんとうしょう）

大正編（たいしょうへん）　紫陽花の日々（あじさいのひび）

中西モトオ

双葉社

鬼人幻燈抄（きじんげんとうしょう）

登場人物紹介

葛野甚夜
鬼退治の仕事を生活の糧にする浪人。自らの正体も鬼で、１７０年後、葛野の地に現れる鬼神と対峙するべく力をつけている。

兼臣
世に四本存在するという妖刀・夜刀守兼臣のうちの一本に宿った人格。もともと退魔の一家・南雲家に仕えていたが、今は甚夜の刀として行動を共にしている。

四代目・秋津染吾郎（宇津木平吉）
金工の名職人で知られる秋津染吾郎の名を継ぐ四代目。付喪神使い。妻は甚夜の娘の野茉莉。

向日葵
マガツメの心の断片から生まれた鬼女。

鈴音
甚夜の実の妹。正体は鬼で、甚夜の最愛の人・白雪の命を奪った。この世の破滅を願ってマガツメを名乗り、甚夜に立ち塞がる。

鬼人幻燈抄　大正編

目次

装幀　bookwall（築地亜希乃）
装画　Tamaki

大正編

コドクノカゴ

1

何事にも対処役というものが存在する。

病気には医師が火事には火消しがいるように、予見される災厄に何らかの対策を講じるのは当たり前のことだ。だから古来より魔が跋扈する日の本の国において、魔を退ける技が発達するのも当然の成り行きだろう。鬼や天狗、山姥や土蜘蛛。退魔の者は人に仇なす妖異を調伏し、民衆は彼らに感謝する。同時に目に見えない脅威に対する畏敬が育まれ、現世の安寧は保たれていた。

ただ悲しいかな、時代は変遷するものである。

大正を迎え、大日本帝国は大幅に変化した。日清・日露の戦勝もあって民衆は高揚し、欧米列強と肩を並べようと工業化が一気に進む。鉄道網の形成や汽船による水運が発達して、徐々に町や都市の基盤が形作られる。また録音や活動写真（映画）が出現し、大衆向けの書籍や雑誌の普及によって情報の伝播が促進された。

俗にいう近代化、それ自体は喜ばしい。けれど行き過ぎた発達は付随する人の心を置き去りにする。科学技術が一般に波及していくにつれ、失われていくものもあった。

一例を取り上げるならば黄昏（たそがれ）だろう。黄昏とは日没直後、雲のない西の空に夕焼けの赤が残る時間帯を指す。薄暗い夕方は人の顔が見分けにくく「誰そ彼は」と称したことから、転じて黄昏は夕暮れ時を表す言葉となった。そして名残（なごり）の赤も消え失せ、空が藍色に染まり夜へ近付けば、黄昏より大禍時（おおまがとき）へ変わる。

大禍時は逢魔が時。魑魅魍魎（ちみもうりょう）に出会う禍々（まがまが）しい時とされる。仄暗（ほのぐら）い闇の中ではすれ違う誰かの顔さえ定かではなく、そういう刻限には人に紛れて魔が練り歩くと信じられてきた。

しかし明治十五年（１８８２年）十一月一日、日本に初めての電気の街灯が設置される。以後少しずつではあるがその数は増え、黄昏は薄暗い時間帯ではなくなった。街灯は暗闇を照らすと共に、人々から妖異への恐れを忘れさせてしまったのだ。

恐れは畏れ。目に見えないものを怖がらなくなれば、目に見えないものを尊ぶ心も失われていく。あやかしが脅威ではなくなり、それらを討つ者も不要と思われるようになった。強大な怪異を祓（はら）う退魔でさえ、時代の流れには敵わなかったのである。

とはいえ時代が変わり人々に認められなくなっても、彼等は確かに存在している。

自分達を必要としなくなった現世に、何を思うのかは分からないけれど。

大正十一年（1922年）六月。

帝都東京は渋谷にある小さなキネマ館『暦座（こよみざ）』が藤堂芳彦（とうどうよしひこ）の仕事場だ。といっても映写機やフィルムの管理は館長がしており、モギリ（受付で入場券の確認を行う役割）や入口前の看板の設置、館内清掃やポスターの貼り替えなどの雑用しか任されていないのが現状だった。

今年で十五歳になる芳彦は童顔で背が低く、客には子供の手伝いのように思われることがしばしばだ。給金は少ないが住み込みで働かせてもらえるうえに、時々タダで活動写真を見ることもできるので、芳彦はこの仕事が気に入っていた。

「暇だなぁ」

午後一番の上映のモギリを終えた後、受付で芳彦はぼんやりとしていた。上映中は無照明で、館内は真っ暗になってしまう。遅れて入場した観客の手を引いて席まで案内する、いわゆる「手引き」も彼の仕事だ。

大正時代、活動写真は広く国民に流行した。外国からの作品も多く輸入されるようになり、チャップリンの喜劇などが芳彦のお気に入りである。この頃の活動写真は無声がほとんどで、弁士が場面を解説して楽団がそれに合わせて音楽を鳴らすというのが一般的だった。規模の小さい暦座では館長やその長男が映写機を回し、弁士は次男がやっていた。家族経営で常設の楽団もないため、音楽は知人の団体に委託している。それでも娯楽としては十分だったらしく、連日暦座にはそこそこの客入りがあった。

「お、暇そうやな、モギリくん。時間あるんやったら俺の話し相手になってくれへん？」

欠伸（あくび）の一つもしそうになった頃、受付に関西訛（なま）りの老人が現れた。スーツに身を包んだ老人は妙に鍛えられた首回りをしており、左腕の袖口から骸骨の腕輪念珠（ねんじゅ）が覗（のぞ）いていた。

受付の台に手を置いてにやにや笑っている様は一見絡んでいるようだが、覚えのある顔だったので芳彦は素直に応える。

「あ、いらっしゃいませ。秋津（あきつ）さん」

「おう、よう覚えてんなぁ。三年前に一回会ったきりやったのに」

どこか不敵な態度で笑うこの老人の名は秋津染吾郎（そめごろう）。なんでも館長の古くからの知り合いらしい。京都に住んでいる染吾郎は頻繁に来るわけではない。名前を憶（おぼ）えていたのは館長が時々名前を出すからだ。装飾品の類を作る職人の四代目で、この歳になっても妻に心底惚（ほ）れている恥ずかしい爺さんらしい。

「ご苦労さん」

「あはは、特に疲れるような仕事じゃないですけどね」

芳彦は三年前、尋常小学校を卒業した十二歳の時から暦座で働いている。住み込みを選んだのは、両親の負担を少しでも軽くしようと思ったからだ。父は無理をしてでも高等小学校に進ませてくれようとしていたが、そこまで負担をかけるのも忍びなかった。

教育を受ける機会を蹴ったがあまり後悔はしていない。キネマ館の仕事は楽しく、館長は弁士の勉強を勧めてくれている。大衆娯楽の王様の活動写真、その花形である弁士になるという想像は日々の活力となっていた。

「働くいうことはそれだけで偉いんやと俺は思うで。ほい、お土産の野茉莉(のまり)あんぱん。これ、京都でえらい人気ある菓子やねん」

「あ、なんかすいません」

　野茉莉あんぱんは、あんぱんとは名ばかりのカステラの中に餡(あん)が入った菓子だ。お気に入りなのか、三年前の土産もこれだった。

「今日は館長に？」

「いいや、こっちに寄ったんはついでや。うちの孫、いうても君より年上やけどな。そいつが南雲(なぐも)……ちょいと物騒な華族様のあー、ぱーちーに」

「パーティ？」

「おお、それそれ。二日後にあるそいつに誘われてな。で、俺も一緒にどないやって主催者が手紙送ってきよったさかいに、一応様子見にきたってとこや」

　由緒正しい庶民である芳彦には、華族のパーティなど雲の上の話である。

「いいな、僕も行ってみたいなぁ。きっとすごい御馳走とか食べてるんでしょうね」

「そらそうや。特権階級なんか食えへん奴らばっかりやからな。飯くらい旨いの食えへんかったら呼ばれ損やで」

「秋津さん駄目ですよ、そんなこと言ったら」

染吾郎は不愉快さを隠そうともせず雑な文句を言う。できれば出たくないというのが本音なのだろう。目の前の老人の子供っぽい態度に、思わず笑いが漏れた。

「もしかして秋津さんも、そういう華族様の血筋なんですか？」

「そんなわけないやろ。ただ、俺らは職業柄いろんな奴の背後に回るからなぁ」

「櫛（くし）とか装飾品作るのが仕事だとお金持ちの奥様とは自然に知り合う、とかですか」

「ま、そんなとこやな」

ちんぴらみたいな悪態の吐（つ）き方をしている様からは想像もつかないが、華族から直々に招待される辺り結構な腕前なのかもしれない。

「ほんなら、そろそろ行くわ。そいつ館長に渡しといてな。よーさんあるさかい、芳彦君が二、三個食べてもかまへんで」

「はい、どうも」

そろそろ上映時間が終わるのでちょうどよかった。面倒くさそうに手を振って去っていく染吾郎を見送り、観客の帰りに備える。ここからもう一仕事だと芳彦は気を引き締め直した。

「ありがとうございましたー」

大げさに頭を下げて、客を一通り見送る。客が捌（は）けてから次の上映までの清掃は芳彦の重要な役割だ。

二十人も入れば一杯になる小さな劇場を見回すと、上映が終わってもまだ一人残っている。余韻に浸っているのか、彼女はいつものように何も映っていないスクリーンを見ながらうっとりしていた。

「希美子さん、そろそろ掃除しますから出てくださーい」

最初は何事かと思ったが、何度も続けばいい加減慣れる。今では気軽に会話を交わす間柄になった。声を掛ければ楚々とした所作で彼女は振り返る。

「あら、芳彦さん。いつも申しわけありません。ですが、やはりキネマは素晴らしいですね。私もいつかはあのような恋愛を殿方と」

彼女は薄紫の女袴にとんぼ玉の帯留めをした女学生スタイルに身を包んでいる。肩にかかる程度の長さで切り揃えた艶やかな黒髪は、普段から手入れが行き届いているのがよく分かる。赤瀬希美子は麹町の端にある洋館、通称「紫陽花屋敷」に住まう令嬢だった。

「希美子さん、また抜け出してきたんですか?」

「ええ、爺やにお願いして。少しお説教は受けてしまいましたが」

不満げに頬を膨らませる希美子は、芳彦よりも一つ年上だが幼い印象を受ける。このご令嬢は舶来の文化や新しい技術に目がない。活動写真だけではなくラヂオや月刊誌、輸入物の衣服などを見るために度々屋敷を抜け出してくるのである。

「珍しいですね。映画みたいな低俗な娯楽は、みたいに小言を言う人じゃない印象ですが？」

「ええ。映画や演劇、週刊誌など娯楽を楽しみたいのは分かる、しかし家庭教師が来ると分かっていながら抜け出すのはよくないと」

「それは爺やさんが正しいと思います」

芳彦はまだ話したことがないが、爺やというのは赤瀬家の家内使用人らしい。希美子は彼を大層気に入っていて、ほとんど付き人のように扱っているそうだ。

「勿論勉強は済ませていますよ」

「はい、そこは分かっています」

口ではわがままを言っても実行できないのは、性格よりも立場のせいだろう。抜け出す際も必ず使用人が傍におり、あまり自由はないのかもしれない。

「明後日には、つまらないパーティに顔を出さなくてはならないのです。今日くらい羽を伸ばしたとしても罰は当たらないと思います」

楽しそうに雑談をしていたが、希美子が静かに溜息を吐いて俯く。

「パーティですか？」

「ええ。赤瀬は元々南雲という華族の分家筋です。ですから今度のパーティでは向こうの当主様に御挨拶せねばならないのですが、南雲の現当主はあまり好ましい人物ではありませんもので」

芳彦にはうまい慰めの言葉が浮かんでこない。彼にとって華族の印象は「偉いお金持ち」くらいのものだが、金持ちなりの苦労というものがあるのかもしれない。

「申しわけありません、芳彦さん。なんだか愚痴を言ってしまって」

「いえいえ。希美子さんは常連ですし、このくらい全然ですよ」

お互い顔を見合わせて笑うと、ようやく希美子が立ち上がって柔らかく礼をした。

「長居をしてしまいました。そろそろ行かせていただきますね」

「あ、もう帰られるんですか？」

「はい。表で迎えの者が待っていますので」

しなやかな足取りで暦座を出て行く姿は、やはり令嬢だと思わせる品の良さだった。

「あれ、でも」

先ほど彼女は南雲という華族のパーティに行くと言っていたが、確か染吾郎も同じような話をしていた。益体のないことを考えながらしばらく彼女が去って行った方を眺めていると、館長の次男から声が掛かった。

「芳彦、掃除手伝うよ」

「あ、すみません」

次の上映が差し迫っている。慌てて芳彦は掃除に取りかかった。

◆

街を一望できるビルヂングの屋上に、並び立つ二匹の鬼がいた。彼等の視線は紫陽花屋敷へ急ぐ希美子に固定されている。

「いよいよ、明後日ですね。おじさま」

柔らかく波打つ栗色の髪をした鬼女、向日葵(ひまわり)は楽しそうに笑う。

「ああ」

それに答えるのは洋装に身を包み、腰に二振りの刀を差した百八十センチ近い男だ。ちぐはぐな出で立ちの鬼は、刃物のように鋭い視線で希美子を眺めている。

「奴らの所業を見逃すことはできん」

つつ、と人差し指で腰に差した刀の柄を撫(な)でた。

2

希

［音］キ（漢）　ケ（呉）

［訓］まれ　ねがう　こいねがう

《意味》

1 めったにない。2 ねがう。3 濃度が薄い。

美

［音］ビ（漢）　ミ（呉）

［訓］うつくしい

《意味》

1 うつくしい。2 ほめる。3 よい。

《由来》

「美」は羊の全形を表す。成熟した羊の美しさが「美」であり、転じて他の全ての「うつくしい」という意味に用いられる。古い時代、羊は神に捧げられる生贄（いけにえ）として完全であることが求められた。欠陥がなく正しい形をしていてこそ価値があり、その状態を指す文字が「美」だった。つまり意図的にそれを与えられた者は、完璧な生贄を意味している。

南雲は、その歴史を紐解けば平安の頃にまで遡る退魔の名跡である。

徳川氏が歴史に名をあげる遥か以前、武蔵国の秩父から訪れた秩父党の一族により江戸の開発は始められた。当時の江戸はどこを見回せども湿地帯や雑木林しかない、まさしく未開の地だった。万が一の事態に備え、秩父党の一族は腕の立つ若者を多く引き連れていった。そのうちの一人こそが南雲の祖だという。

多くいる強者のうちで、彼だけが後世にまで続いていく家名を得るに至った理由は実に単純だ。彼はその土地に住まう化け物を討った。鬼の顔に虎の胴体を持った、異様な形状をした蜘蛛をその手で斬り伏せたのだ。陰陽道に通じているわけではないし、魔を滅する法術とも縁がない。遭遇したのも勝ちを拾ったのも偶然でしかなかった。しかし退魔に資格が求められるとすれば、それはあやかしを祓い除けること。力があったからではなく、怪異を討った事実によって彼は退魔として己を確立した。

加えて、この功績により彼には姓が与えられた。刀だけで蜘蛛を薙ぐ。故に南雲。それから彼の子孫は家名に見合う血筋であろうと妖異を斬り、世代を重ねていくうちに伝承に語られる妖刀の類を用いるようになった。そのため退魔の家系として語る時、彼等は〝妖刀使いの南雲〟と称される。

南雲は剣をもって日の本有数の退魔にまで伸し上がった。だからこそ武士の世が、剣の世が終わった時点で彼等の凋落は約束されていたのかもしれない。

南雲の屋敷の地下牢には少女が囚われていた。身の丈ほどに伸びた長い黒髪と青白い肌、虚空を見る生気のない目。枷をはめられ猿ぐつわを噛まされ、喋ることも動くことも彼女は許されていなかった。

「ようやっと、だ」

老翁は牢に転がされた少女を無感動に見下す。歳を考えれば大柄ではあるが相応に痩せ衰えた男、南雲叡善は牢の前で狂気じみた冷笑を浮かべた。現当主はお飾りに過ぎない。この老人こそが南雲を牛耳っているといっても過言ではなかった。

「………ぅ」

枷は逃亡よりも自害を禁じることが目的だ。筋力が衰えないよう適度に運動をさせ、餓死しないよう食事も水も欠かしていない。それだけ手厚く保護をしてきたのは明日のためだった。

生まれて間もない頃に攫い、七年かけて体を造り変えた。さらに七年が経ち、ようやく準備が整った。

「長かった。しかし、コドクノカゴがようやっと形となるのだ」

明日が待ち遠しいのか、くつくつと老人は嗤う。それは南雲が散々討ってきたであろう妖異と見紛う禍々しさだった。

◆

「そう言えば希美子さんって学校に行ってないのに、なんで女学校の制服みたいなの着ているんですか？」

秋津染吾郎が暦座に訪れたその翌日、活動写真を見に来た希美子に芳彦は前々からの疑問をぶつけた。この年頃、しかも華族ならば女学校に通うのが普通だと思っていたが彼女は違った。父親が選んだ家庭教師に勉学を教えてもらっているそうだ。

「学校に通っていないからです。気分だけでも学生を味わおうと思いまして」

おどけたように言う彼女はほんの少し寂しそうに見える。金銭的な問題で行かせてもらえないわけではないだろうから、貰い身分としての慣習か家の方針なのか。これ以上追及するのも躊躇われて、あからさまに話題を変える。

「あー、そういえば。明日南雲っていう華族様が開くパーティに行くんでしたよね？」

だが、下手くそすぎたせいで、希美子は口の端を緩ませた。ぎこちない気遣いでも笑顔を引き出せたのは嬉しかった。

「ええ。パーティといっても内々の小さな夜会だそうですが」

「実はですね。館長の知り合いも、それに参加するみたいで。秋津染吾郎さんっていうんですけど」

「なら、当日顔を合わせた時に挨拶をさせて頂きますね。ふふ、これでつまらない夜会も少しは楽しめそうです。それでも、嫌なことには変わりありませんが」

希美子が隠そうともせず、はっきりと嫌悪を示す。彼女がこんな態度をとるのは珍しかった。

「本当に嫌なんですね」

「なんといいましょうか。あの家の人達のべったりと張り付くような視線が苦手で。以前もお邪魔させてもらったのですが、気付くとこちらを見ているのです。叡善様……現当主のお父様にはお世話になっているのですが」

「えいぜんさん、ですか？」

「はい、時々赤瀬の屋敷の方にも来てくださいます。希美子という名前も叡善様が付けてくださったそうです。下劣な現当主とは比べ物にならない人格者なんですよ」

分家と本家のいがみ合いのようなものはないらしいが、令嬢として不穏当な発言をしてしまうくらいに現当主は不愉快な男らしい。

「下劣って、希美子さん随分その当主を嫌っていますね？」

「仕方ないではありませんか。事実なんですから。本当に、あの男は」

どうやら彼女の逆鱗に触れてしまったようだ。芳彦は激昂して捲し立てる希美子にしばらくの間付き合わされることになった。

夕方になると、芳彦は暦座の館長から東京駅までお使いを頼まれた。なんでも館長は以前秋津染吾郎に命を助けられたらしく、大層恩義を感じている。本当は自宅に泊まって欲しかったそうだが断られてしまったため、せめて妻の作った弁当を渡して欲しいということだ。

「わざわざ悪かったな。まあ、ちょっと休んでいき」

「は、はいっ。ありがとうございます！」

「えらいかたいなぁ。そない緊張せんでもええやろ」

染吾郎が宿泊しているのは、国内外の来賓のために建てられた帝都でも有名なホテルである。ベッドに備え付けられた卓上電灯に、異国情緒に満ちた装飾。別世界のような豪華さに芳彦は好奇心を抑えきれず室内を見回す。その反応に気分を良くしたのか、染吾郎はからからと笑いながら廊下に出て従業員になにかを注文した。

彼の振る舞いは手慣れていて、見ている自分もキネマの一場面に入り込んでしまったのではないかと錯覚してしまう。少ししてから従業員が持ってきたのはなんと紅茶だった。少し戸惑ったが、飲めと促されてカップに口をつける。滅多に経験できない舶来の品を楽しみながら、しばらく二人は雑談に興じていた。

「そんな感じで、希美子さんはいつも暦座にキネマを見に来てるんです」

「ほお、赤瀬の令嬢がなぁ。なんやおもろいお嬢ちゃんやな」

「あれ？　知ってるんですか」

「いいや、直接は知らへん。ただ明日行くとこの分家筋やからな。話は聞いてる」

話題は自然と件（くだん）の夜会へと移る。南雲と赤瀬の両家について希美子も触れていたが、その関係について詳しくは聞いていなかった。

「分家筋ですか」

「おお、南雲は平安頃から続く旧家でなぁ。随分昔、相続争いに負けた直系が赤瀬の家を興したらしいわ。いうても家業は全く関係のない普通の武門やったそうやけどな。それが御一新（明治維新からの様々な改革）の煽（あお）りを受けて、いつの間にやら赤瀬の方がようさん金稼ぐでかい家になってもうた。時代の流れっちゅうのは残酷やな」

赤瀬が普通の華族で、南雲が家業を捨てられん以上ある意味当然やけど。そう締め括った染吾郎はどこか寂しそうに見えた。

「ん、なんか顔にでもついてる？」

「あ、いえ、館長と秋津さんってどうやって知り合ったのかなって」

染吾郎が訝（いぶか）しんでこちらを覗き込む。口にしたのは誤魔化しだが、妙に事情に詳しいこの老人にいろいろと疑問を抱いているのは本当だった。

「なんでや？」

「歳も離れてるし、不思議じゃないですか」

「ああ、そう言われたらそうか」

ひと呼吸を置くと、にっかりと笑って染吾郎は答えてくれた。

「二十年くらい前か。あいつがミサキに襲われてたとこ逃がしたったんが最初や。七人もおるからけっこう面倒やったけどな。それをあいつが未だに命の恩人やなんて言うてるわ」

どうやら女遊びが祟(たた)ったところを染吾郎に助けてもらったというだけらしい。大げさな話だと芳彦はあきれて溜息をついた。

「聞いても館長が話してくれなかった理由、分かりました」

「そうか。ほんならあいつの名誉のためにもあんま喋らんといたってや」

「言えないですよ」

館長の息子達はともかく、奥さんには絶対に話せない。聞くべきではなかったと後悔する芳彦を見て、染吾郎は面白がっていた。

「それじゃお邪魔しました」

「ん、弁当ごちそうさんって伝えといて」

しばらく言葉を交わしたあと、切りのいいところで芳彦はホテルを後にした。

外に出ると帝都は夕焼け色に染まっていた。もう少しすれば日も暮れるが、街灯のおかげで夜なった。

道に困ることはない。ただ話し過ぎて遅くなってしまったので、暦座への帰路は自然と小走りになった。

「面白い人だったなぁ」

染吾郎とまともに会話したのは初めてだった。若い芳彦に対しても偉そうな態度はとらず、色々と興味深い昔話を聞かせてくれた。

館長はああ見えて女遊びが激しかった。迂闊なところがあって、ミサキ以外にも厄介な相手を引き寄せていた。むやみに口外できる内容ではなかったが、身近な大人の滑稽な過去に頬が緩んだ。

そんなふうに先程の雑談を思い返しながら歩いていたため、芳彦は通行人に正面からぶつかってしまった。

「ご、ごめんなさい！」

相手の顔を確認するよりも先に頭を下げて深々と謝罪し、ちらりと相手の様子をうかがう。

「ううん、いいよ気にしないで。ぼくも前を見てなかったしね」

赤みを帯びた目が印象的なその人は、学帽をかぶり黒の学生服を身に着けていた。髪は短く切り揃えていて出で立ちは高等学校に通う男子学生だが、線の細さや輪郭の柔らかさから年頃の娘のようにも見える。身長は高いが咽喉仏はなく声も中性的で、男性なのか女性なのか判別しづらかった。

「でも気を付けないとね。ぼくは気にしなくても、危ないことには変わらないから」

相手は優しく芳彦の頭を掌(てのひら)で叩き、そのまま通り過ぎていく。

しばらく呆然と立ち尽くしていたが、空の色の変化に気が付いて芳彦は再び歩き出した。不思議な人物との出会いよりも早く帰る方が大事だった。

「おう、吉隠(よなばり)」

学生服の人物が路地裏に入ると、待ち構えていたように声がかかる。声の主は身長百九十センチはあるだろう、体格のいい大男。ぼさぼさの髪と無精髭(ぶしょうひげ)に、雑な和服の着こなしから粗野な印象を受ける。吉隠が細い分、並ぶと余計に目立って見えた。

「やあ、井槌(いづち)。ほんと、嫌になるよね」

「あん？　なんかあったか」

井槌と呼ばれた男は大げさに顔を顰(しか)めてみせた。吉隠は肩を竦(すく)め、笑顔を崩さないまま溜息を吐く。

「今ね、男の子とぶつかっちゃってさ。ごめんなさい、なんて謝られちゃったよ」

「それがどうしたよ」

「だからさ、鬼と黄昏時に会ってその反応じゃあ、ちょっと傷付くって話」

彼らの目は赤かった。

吉隠はそれを隠そうともせず往来を歩き、しかしぶつかった芳彦は何の反応も見せなかった。

小野陶苑の著書『鉄師考』に曰く、古い時代、他者と異なる外観を持つ存在は総じて「あやかしのもの」として扱われた。赤い目や青い目、白すぎる肌、高すぎる身長、異常なほどの筋力、絶世の美貌。こういった人の枠から食み出た特徴を「異類傷痕」と呼び、明治初期に入るまでその真贋にかかわらず異類傷痕を持つ者はひとくくりに人ならざる存在だと信じられた。

しかし、近代化が進むにつれて人々は知識を得る。白い肌や青い目は外国人ならば当然だ。医学の発達により、病を患って眼底部の血管の色が透けて赤い目になる場合があることも分かっている。

もはやそれらは、あやかしの証ではなくなってしまった。赤い目を見れば「あれは鬼だ」と恐れられた時代は既に終わったのだろう。

「そらぁ、単にあのガキが物知らずってだけだろう。ああいや、この場合は物知りの方がいいか？」

「そうかもしれないけれど。きっとこれからもああいう子が増えると思うと、何だかね」

「時代だ、仕方あるめえ。だからこそ俺らはことを起こすんだろう？」

応える吉隠は華やかに笑ってみせる。

「そうだね。あんまり人を殺したくはないんだけどなぁ」

「おいおい、鬼がそんなこと言うなっての。とりあえず英気を養うために一杯ひっかけていこうぜ」

「井槌の方こそ、案外人の世に馴染んでるよね」

「人だろうが鬼だろうが、酒の旨さに変わりはねえよ」

井槌は豪快に笑い、呆れて吉隠が肩を竦める。慣れた掛け合いに和やかさを取り戻し、二匹の鬼は闇夜に溶けていった。

染吾郎は遅くなる前にと芳彦を帰した。

芳彦がいなくなると先ほどまでの好々爺然とした雰囲気は消えて、彼の顔付きはひどく厳しいものになった。

歳を取ったせいか、ああいった擦れていない少年との語らいはそれだけで清々しい。だが、過る嫌な予感までは拭い切れなかった。

「……南雲の主催する夜会に、赤瀬がなぁ」

秋津を呼んだのは強大な怪異が現れたから手を貸せ、というような内容だと思っていた。しかし今や一般人でしかない赤瀬を呼ぶ理由が分からない。

「なんや、きな臭くなってきよったわ。ったく、年寄りにあんま無理させせんなっちゅうねん」

取りあえず孫に連絡し、「明日お前は来るな」と伝えておく。
何もなければいいが、現実はそううまくいかないのが常だ。

3

暗いところにいる。閉じ込められたまま動けない、生かされているだけの籠の鳥。そして多分意味もなく、孤独なままに死んでいくのだろう。

時々来る爺は、わたしをこう呼んでいる。

——おまえは、コドクノカゴだ。

華族とは旧大名家や旧公家に、御一新以降与えられた身分である。しかし時代が進むと華族の規定にあった「国家に勲功あるもの」という条項が徐々に拡大解釈されて、本来ならば華族になれないような家柄の者も国や政府への貢献度合いによっては華族に取り上げられるようになる。このような者達は本来の華族と区別して一般に新華族と呼ばれた。
南雲の家から分かたれ格の低い貧乏武家となった赤瀬も、この新華族に当たる。赤瀬は幕末期には勤王の志士として藩論を尊王に統一したことを評され、明治の御一新以降は男爵にとりあげられた。
華族とはいえ新華族は成り上がりでしかない。大名家や公家から華族となった者達には、新華族を蔑むものも多い。
もっとも赤瀬の者達はさほど気にしていなかった。元々は退魔の名跡でも、本流を離れた後はただの貧乏武家だ。江戸の頃は俸禄（ほうろく）だけでは食って行けず、両替商の真似事をして食いつないでいた。今さら傷付けられる誇りなどあるはずもなく、彼等は周りの視線など気にせず早々に刀を捨てて庶民のような生活を送っていた。

それが功を奏した。明治以降、欧米諸国に追いつこうと日本は急速に近代化し、世の中のあり様は一変する。その中で赤瀬は両替商で培った経験を生かし、金融取引や株取引にも手を伸ばす。これが成功し華族の中でも相当な資産家となった。大正に入ると先の大戦の戦勝で経済は回り、赤瀬の家は莫大（ばくだい）な利益を得ることとなる。

対して南雲は元々の家柄もあって、明治初期に子爵家へと取り立てられた。しかし廃刀令の煽りを受け、さらには近代化により人々が夜を恐れなくなった。江戸の頃は黄昏を闊歩（かっぽ）していた鬼も表立って動かなくなり、そうなれば対処役だった南雲も衰退した。皮肉なことに、人の世のために剣にこだわり続けた南雲よりも、見切りをつけた赤瀬の方が今や遥かに栄えた家となったのだ。

これらは希美子が生まれる前の話であり、彼女自身は南雲や赤瀬の歴史に関しての知識はほとんどなかった。赤瀬はそもそも退魔の技を伝えていない。父は入り婿で詳しい事情など知らず、知っているはずの母は本家である南雲の妖刀使いとしての顔を娘に教えなかった。

だから希美子にとって南雲はごくまっとうな廃れた華族で、今晩の夜会も単に面倒なものでしかなかった。

「はぁ……」

希美子は自室で紅茶を飲みながらくつろいでいた。備え付けのテーブルの上に置かれたカップを指で弾けば、静かな室内に甲高い音が響く。

麹町にある赤瀬の邸宅は趣深い白壁の洋館である。広い庭には希美子の母の願いで沢山の紫陽花が植えられている。季節になれば色鮮やかに花開く薄紫は大層美しく、館は周囲から「紫陽花屋敷」と称されていた。

本来ならば、この洋館だけが希美子に許された活動範囲である。彼女は祖父に言い付けられ、学校にも行かせてもらえない籠の鳥だ。父母と爺やは祖父の不在を見計らって外へ連れ出してくれるが、行動は大きく制限されている。南雲の夜会への参加もその一つで、陰鬱な気持ちはぬぐえなかった。

「憂鬱そうですね、お嬢様」

傍に控えている男性が落ち着いた調子で声をかけた。希美子が生まれる前から赤瀬の家に仕えている使用人だ。昔は母の世話役をしており父ともやけに親しい、奇妙な立ち位置の人物である。態度こそ厳格だし口うるさいが、希美子に対しては甘い。正直なところある程度自由に振舞えるのは、彼が苦心してくれているおかげだった。希美子は幼い頃から世話してくれている彼のことを、爺やと呼んで慕っていた。

「当然です。本当に……なにが悲しくて、南雲の夜会になど行かねばならないのでしょう」

「誠一郎様の命令だと聞き及んでおりますが」

「もう、分かっています！」

誠一郎というのは希美子の祖父にあたる人物だ。赤瀬の家がここまで大きくなったのは祖父の手腕があってこそ。そのため父母も逆らえず、希美子は現状に甘んじるしかない。なかなか外に出そうとしないくせに、時折南雲の家へだけは向かわせようとする。勝手な振る舞いを続ける祖父のことを希美子はひどく嫌っていた。

「そうですわ。ねえ、爺や。また暦座に」

「なりません、お嬢様。さすがに今夜は。志乃様からもきつく仰せつかっております」

普段なら爺やは外出を許してくれるが、やはり今日は無理のようだ。仕方ないとは分かっていても頬を膨らませて文句を言う。

「爺やは、本当に私の言うことを聞いてくれませんね」

「そういうつもりはありませんが」

「ですが、いつもお母様の言うことを優先するではありませんか」

「それは当然でしょう。私の雇い主は志乃様ですので」

彼は昔から母の面倒を見てきたため、優先順位としては上なのだろう。しばらく非難がましく睨み付けることしかできなかったが、ふと仕返しの一手を思いついた。

「そんなだから爺やは母の情夫（愛人）だのと噂されるのですよ」

ぴくりと爺やの眉が動いたのを見て、希美子は笑顔で勝ち誇った。爺やの本来の役割は、家令や執事といった雇い主に近しい立場ではなく庭師である。しかし母が彼を気に入っており、結婚してからも世話役のように扱っていたらしい。本来ならばお付の女中がやるような仕事を彼がやるものだから、当時はその関係を色々と噂されていたそうだ。

「情夫というには、いささか歳が離れすぎていると思いますが。いったい誰からお聞きになられたのですか」

「人の口に戸は立てられぬ、でしょう？　噂はお父様に教えていただきました」

実際のところ母と爺やが並んでいても、そういった艶っぽいものはいっさい感じられない。父親も楽しそうに話していたので、おそらくは本当にただの噂だったのだろう。

「ふふ、もしかしたら今は私の情夫だなんて言われているかもしれませんね」

「年齢的にあり得ないでしょう。私はお嬢様のおしめを替えたこともあるのですよ」

「事実だとしても、本人の前で言うのはやめてもらえませんか」

恥ずかしさから苦言を呈したものの、今さらではある。

「ともかく、今夜は」

「分かっています。爺やはついてきてくれ……ないんですよね？」

「はい。申しわけありませんが、南雲の家に呼ばれたのはお嬢様だけですので。行きはあちらで手はずを整えているそうです」

「そう、ですか」

爺やがいないのはやはり不安だ。陰鬱な心地にすっと視線を下げれば、彼は静かな調子でそれを宥めた。

「お迎えには上がります。どうか、それまではこらえてくださいますよう」

「……分かっています」

こらえるという表現を使う辺り、心中は察してくれているようだ。それに少し安堵し、窓の外に目を向ける。

黄昏時。うっすらと星の光が見えている。

夜はもうすぐそこまで来ていた。

東京は千駄木、昔は江戸の外れと称された地に南雲の屋敷はある。

大正時代に入り町並みは少しずつ変わっているが、それでも江戸の名残を残す建物も多い。南雲の屋敷もそういった純和風の木造家屋で、古びてくすんだ木の色に歴史と趣を感じさせた。

夜道に馬車を走らせ、希美子は屋敷まで辿り着く。ここの夜会に呼び出される時はいつも門の前まで爺やがついて来てくれたため、一人で来るのは初めてだった。

「ようこそおいで下さいました、希美子様」

建物は古いが敷地は赤瀬の家よりも広い。少し傷んだ門を潜れば、以前訪れた時と同じ女中が出迎えた。南雲の家の使用人は希美子に対し含むところがあるらしく、皆一様にじろじろと視線を送ってくる。落ちぶれたとはいえ本家で無礼な振る舞いは許されない。希美子は憂鬱を隠し、丁寧に頭を下げた。

「他の皆様は既に庭園の方へ向かわれております。どうぞこちらへ」

「ありがとうございます」

表面を上滑りするような口先だけの会話を交わし、素直に女中の後を追い庭へ出る。途端に、ふうわりと甘い香りが漂った。見れば庭の数か所に香炉が置かれていた。

「いい香り……」

春の花に似た、どことなく落ち着く香りだ。改めて庭を見回して、今度はその美しさに目を奪われた。整然とした緑に覆われ、横切るように設けられた小川が涼やかな水の音を奏でていた。

女中はこの庭を指して「庭園」と言ったが、厳密にいえばそれは間違っている。そもそも庭と園は別のもので、庭は憩いの場というよりも「仕事や行事、古くは神事や政事を行う場所」だった。それに対して園は「植物の植えられた囲われた領域」を意味する。妖刀使いの南雲の来歴を考えれば、この場所は庭と呼ぶべきだろう。

しかしそんなことを知らない希美子にとっては、単純に美しいだけの場所でしかなかった。優しい香りに包まれたなか燈籠（とうろう）の灯りが夜を照らす様は典雅で、古いながらもきちんと整備された庭は浮世離れした優美さがあった。

感嘆の息を漏らし、同時に湧いた疑問から希美子は辺りを見回す。庭では十二、三人ばかりの男女が準備された敷物に腰を下ろしていた。夜会という割には酒以外の飲食物はなく、既に長い時間待たされているのか、招かれた客も戸惑っているようだった。

「あの」

「では失礼いたします」

女中は一瞥（いちべつ）もくれず屋敷の方へと戻っていく。残された希美子が状況を飲み込めずにいると、スーツ姿の老人が妙に明るい調子で声を掛けてきた。

「おう、君が赤瀬のお嬢ちゃんか？」

「あ、は、はい」

掌をひらひらと振り、子供をあやすように老人は表情を柔らかくする。

「そない緊張せんと。芳彦君に聞いてたさかい挨拶でもしとこか、いうだけやし」

「芳彦さん、ですか？」

そういえば暦座の館長の知り合いも夜会に参加すると芳彦から聞いていた。つまり彼が件の人物なのだろう。

「では貴方が？」

「秋津染吾郎。秋津の四代目や。ええと」

「赤瀬希美子と申します」

「希美子ちゃんか、よろしゅうな」

「はい、秋津様。よろしくお願いいたします」

今の状況ではまともに話せる相手がいるだけでも救われる。染吾郎の気質もあり、二人はすっかり打ち解けて雑談を続けた。

「それにしても、いつまで待たせるつもりや。客に飯も飲みもんも出さんと」

「お酒は準備してありましたが」

「……俺、一滴も呑めんのや」

お師匠やあいつは滅茶苦茶呑んどったけどな、とどこか懐かしそうに染吾郎は言う。希美子にはそれが誰かなど知る由もないが、その人物が彼にとって大切な誰かだということが感じ取れた。同時に、彼の年齢を考えれば既に師匠が死去しているだろうことも察して、何も返さず話題を変える。

「秋津様は、長い時間待たれているのですか？」

「おお。かれこれ三十分くらいはこうしてるな。なんや甘い匂いしてるし余計に腹減るわ」

香炉から漂う匂いにまで悪態をつきながら、心底面倒くさそうな顔で吐き捨てる。言葉の端々に南雲の家に対する悪感情が滲んでいた。

　当主はいまだに姿を現さない。代わりに屋敷の方から先程とは別の長身の女中がやってきた。

「ええと、貴女が希美子さん？」

　声変わりを迎えていない幼い男子のような、透明感のある声だった。容姿は気の利いた少年風の少女、あるいはたおやかで少女的な少年。服装が女性用の着物だから女なのだろうが、性別が分かりにくい不思議な印象の人物だ。

「ええ、そうですが」

「ああ、よかった。叡善さん、じゃなかった。叡善様に貴女を呼んで来いって言われまして。奥座敷の方でお待ちですので、来てもらえませんか」

　叡善は既に隠居しているが実質的には南雲の家を主導する人物で、希美子にとっては名づけの親でもある。

「叡善様が？」

「なんでも会わせたい人がいるらしいですよ」

「分かりました。ではご案内お願いできますか」

「はい、分かりましたぁ」

　まだ入ったばかりなのだろうか、叡善が使う人間にしては砕けた態度と言葉遣いだ。他の使用人とはずいぶん雰囲気が違う。

「おーい、俺は無視か？」

冗談めかして文句を言う染吾郎に、女中は軽く笑ってみせる。

「ごめん、秋津染吾郎さん。貴方はもうちょっと待っていてね」

「十分すぎるくらい待ってるんやけどなぁ」

恨み言には取り合わず、女中はさっさと歩いて行く。希美子は無視された形となった染吾郎に小さく頭を下げ、女中の後ろに付いて屋敷へ向かった。

板張りの廊下はかなり老朽化しており、踏み締める度にぎしりと嫌な音が鳴る。廊下には灯もなく視界の先は暗く薄ぼけており、古めかしい屋敷の佇(たたず)まいと相まってひどく不気味に感じられた。

わずかな怯(おび)えを顔に出さぬよう、希美子は努めて平静に振る舞う。気丈な振りをしても不安は残り、それをごまかすように希美子は女中の背中に話しかけた。

「あの、お名前を伺ってもよろしいですか？」

「ぼくの？」

「はい。以前来た時は、お顔を見なかった気がしますから」

「ああ」

女中はいったん立ち止まると、腕を組んで深く考えこみ始めた。何度か頭を上下させてから満面の笑みを希美子に向ける。

「ぼくは吉隠。これから、長い付き合いになるといいね」

先程の女中に比べれば話しやすい相手だと思う。しかし何故かその笑顔はひどく歪なものに感じられた。

「……っと、さあ着いたよ」

会話が途切れた後は黙って廊下を進み、希美子も以前に何度か訪れたことのある奥座敷へたどり着いた。女中は乱雑に襖を開け、小さく手を振って中に入るよう促す。足を踏み入れれば、年老いた男が希美子を迎えてくれた。

「おお、希美や。よう来た」

痩せこけてはいるが歳を考えれば大柄な老人といえる叡善が、皺だらけの顔をくしゃくしゃにして来訪を歓迎した。

「叡善様、お久しゅうございます」

「うむ。ほんに久しい。どうだ、息災か？　怪我などしておらんか？」

「はい、おかげさまで」

会って早々の過保護な発言に少しばかり苦笑する。叡善は毎回同じように希美子の体調を気にかける。大げさだとは思うが、いい加減慣れたし心配してくれることはありがたかった。

「この度はお招きいただき、ありがとうございます」

「いやなに。準備が滞っておってすまんな」

「いいえ、そんな」

正直にいえば少し焦れてはいたが、こうも素直に謝られると責めることもできない　希美子は気にしていないと微笑んでみせる。

「そういえば、今回の夜会は随分と急でしたが」

「うむ……希美には話しても構わんか。いや、つい先日のことなのだが。うちの小倅めが死におってな」

「隆文様が？」

嫌悪に歪みそうになった表情をすんでの所で止める。隆文というのは南雲の現当主で、赤瀬を成金扱いする嫌味で不愉快な男だ。しかしいきなり亡くなったという事実を知らされて、どう反応すればいいのか分からなかった。

「あの、どうして」

「希美も知っておるだろう。あやつは当主として相応しくなかった。故に近々、新たな当主を立てる手はずが整っておった。それが、まさかのう」

濁した言葉の先にあるものを何となく理解して、希美子は口を噤んだ。死んでしまった当主がどう考えていたのかは知らない。だが彼にとって南雲の当主の座は重かった。つまりはそういうことなのだろう。

「すまんな、嫌な話をして。実は此度の夜会も、新たな当主の顔つなぎのために開いたのだ」

「そうだったのですか」

「南雲の家にとっても極めて重要な場だ。念入りにとは考えておったが、少しばかり準備に手間取ってしまった。だが、ようやっとすべて整った。ささ、宴(うたげ)を始めよう。ああ、その前に会わせたい者がおる。来たばかりで悪いが、少し場所を変えるぞ」

先日亡くなったばかりだというのに、すぐさま代わりを立てるものだろうか。引っ掛かりはあるが、分家の小娘が何かを言ったところで意味もない。不審を懸命に隠して小さく頷く。

「うむ。吉隠よ、案内してやれ」

「はーい、分かりました」

そして女中が明るく答えたと思えば、

「ぅあっ……!?」

ごっ、と鈍い音が響く。遅れて痛みが全身に響いた。

何が起こったのか、希美子には理解できない。意識を刈り取るほどの打撃を受けた経験はなく、なにより叡善が自分に危害を加えるなど想像もしていなかった。だから彼女は何の抵抗もできず、そもそも何が起こったかさえ分からないままに気を失った。

倒れ込んだ希美子を叡善は動揺することなく眺める。先ほどまでの好々爺は消え去り、そこには狂気に満ちた笑みを浮かべる老翁がいた。

「希美を頼んだぞ。これ以上決して傷付けぬよう、丁寧に扱え」

「分かってるって。地下牢に運んでおけばいいんだよね。叡善さんは？」

「来客の相手をしておこう……井槌」

叡善の呼びかけに、作務衣（さむえ）をまとった大男がのっそりと姿を現した。背が高く大きいというだけではなく、よく鍛えられている。服の上からでも練磨が読み取れるほどだ。

「おお、待ちくたびれたぜ」

大男は体に似合った野太い声で笑う。彼らの瞳は赤かった。

退魔と鬼が同じ目的を持って動くことを奇妙だと思う者はここにはいない。異なるものの交わりを、当然とするだけのものが彼等にはあった。

◆

庭に放置されてはや二時間、ようやく動きがあった。とはいえ決して好ましいものではない。

秋津染吾郎は顔を顰め、自身の手を見つめた。小刻みにぶるぶると震えている。何度か握って開いてと繰り返し確認したところ動かないというほどではない。しかし力がうまく入らない。

「体が、痺（しび）れる……？」

見回せば、十数人の客も動けずうずくまっていた。染吾郎よりも症状がひどく呂律（ろれつ）の回らない者も見受けられる。

「おい、あんたら無事か？」

立つことのできない者達の傍に寄って声を掛けるも、呻き声か呟きしか返ってこない。目の焦点は合っており、染吾郎の質問にも頷きか首を横に振るかで応える。意識障害ではなく筋弛緩かそれに類するものだろう。意識こそはっきりしているが、体をうまく動かせないのだ。

染吾郎は同じようにまだ意識を保っている者を探す。目が合ったのはまだ若い男女だった。男の方は立ち振る舞いと体つきからそれなりに鍛えているのが分かる。南雲と繋がりがあり、この状態でも混乱していないことからして、おそらくはご同業だ。他の客にもそういう手合いはちらほらいた。どうやら一般人と退魔を混ぜこぜに招待していたらしい。

「そこのお兄ちゃんら。そっちは？」

「え、ああ、なんとか。ですけど、うまく体が」

「わたしも、なんで？　もしかして鬼が」

舌打ちし、現状を把握しようと頭を働かせる。倒れている者たちは酒をよく呑んでいたようだが、一滴も口にしていない染吾郎にも体の痺れが出ている以上酒自体は直接的な原因ではない。ならば、と鼻をひくつかせる。

「香の方か」

焚き染められた甘い香は屋外のため鼻腔を擽る程度ではあったが、それで十分なのか。

いや、同じく香を嗅いでいた希美子が平気だったことを考えれば、単純に長時間かけて吸引したから成分が体内に沈殿し、今頃になって効いてきたのだろう。酒は効果を高めるためのもの。だから呑んでいた者達は動けない程になってしまった。

仕掛けたのは間違いなく南雲の者達だ。奴らは端から罠にかけようと染吾郎たちを招待したのだ。孫を同行させなかったのは幸いだった。

「とっととずらかるか。あんたらもさっさと逃げた方がええで。多分、南雲の奴ら、俺が想像してたよりずっと危ういこと考えてる」

染吾郎は重い体を引きずって庭から離れようとするが、希美子の顔が過り唇を噛んだ。彼女は香の効果が出る前に南雲叡善に呼ばれた。つまり南雲の家は希美子に特別な、十数人の客とは違う価値を見出している。

南雲の目論見は読めないが、人を騙して呼び出すような輩だ。どうせ真っ当なものではないだろう。それに希美子とは既に言葉を交わした後だ。秋津染吾郎を継いだ男として、どこかの馬鹿な男の義息子として、見捨てるような真似はできない。

「しゃあない、あの娘んとこに」

強く意識した瞬間に屋敷の縁側の襖が開き、二つの人影が姿を現した。

おそらくこの庭は以前より何らかの祭事や神事に使われていたのだろう。縁側は普通より一段高く、舞台のような造りになっている。ならば現れた彼等は演者か。染吾郎が睨み付ければ、影――南雲叡善がにたりと不気味に口を歪める。

「おお、これはこれは。招待はさせてもらったが、まさか本当に秋津の四代目が来てくれるとは。孫の姿は見えんようだが」

値踏みするような不愉快な視線だ。染吾郎は嫌悪感を隠しもせず鼻で嗤(わら)ってみせる。

「きな臭かったさかいな。家で待ってるように言うといたわ」

「成程、勘もいい。さすがに稀代(きたい)の退魔と謳(うた)われる四代目秋津染吾郎。老いてなお盛んなり、といったところかのう」

褒めているのではなく、言葉の端々に嘲(あざけ)るような色が現れている。

「だが、己ならばと驕(おご)る若い時分はとうに過ぎていると思うがなぁ、染吾郎の弟子よ」

あえて先代を強調する物言いに違和感を覚えるが、それに意識を割く暇もない。もう一つの影が前に出てきた。作務衣を着た一般人が徐々に姿を変えていく。赤黒い皮膚と鋭い牙、人では得られない屈強な体躯(たいく)。そこにいたのは昔話に語られる通りの赤鬼だった。

「ほうか。あんた、退魔の誇りものうなってしもうたか」

鬼を討つべき者が鬼と手を組む、それ自体を非難する気はない。害意のない鬼は討たぬが秋津の信条。なにより鬼とも分かり合えるのだと身をもって知っている。しかし南雲叡善は現時点でも人々の犠牲を許容している。鬼の有無にかかわらず、既に人の敵なのだ。

「そいつは始末しておけ、井槌」

染吾郎の言葉には取り合わず叡善は命令を下す。鬼の方が意外そうな顔をするくらいに冷静だった。

『いいのか、こいつが一番できそうだが。餌にするなら強い方がいいんだろう？』

「構わん。所詮は無能の弟子だ。肩書が立派なだけ、師と同じく無能だろうて」

『あんたがそれでいいってんなら別に構わねえけどよ』

それまで希美子のことやこのパーティの目的を探りながら話していたが、叡善のひと言で頭からすべて消し飛んだ。ぐらぐらと脳が沸騰し、目の前がちかちかと点滅する。染吾郎は奥歯を噛み締め、射殺さんとばかりに敵を睨み付けた。

「今、なんや言うたか？」

師は命の恩人であり育ての親でもあった。いつだって大切なことを教えてくれた、今なお憧れ続ける男を、あの老人はまさかとは思うが。

「お前の師のことか？　無能、と言ったが」

「お前、命いらんらしいなぁっ！」

安い挑発だと分かっていながら乗った。四代目秋津染吾郎は稀代の退魔と謳われているが、彼にとってその称号は今もって三代目にこそ捧げられる名だ。敬愛する師を愚弄されて黙っているなどできるはずがなかった。

香の効果はまだ続いており、動きに普段の切れ味はない。しかし目の前の爺をどうにかするには十分すぎる。鈍い体に鞭を打って無理矢理疾走する。染吾郎自身も六十を超える老体だ。全盛期とは程遠いが、それでもその速度は並ではない。

距離を詰めようと一直線に走り、けれど邪魔するように立ち塞がる巨躯があった。

『おおっと、あんたの相手は俺だぜ』

そう言って鬼――井槌は己が武器を染吾郎に突き付ける。

「なっ……」

井槌の武器を見て、怒りに沸いていた頭が刹那の内に冷え切った。

鬼の武器といえば有名どころは金棒だろうか。染吾郎が以前親しくしていた鬼は二刀を巧みに操った。今まで戦ってきた知能のある鬼の中にも斧や槍、棍棒などの鈍器を振るう者はいた。だが井槌が使うそれは、数多の鬼を討ってきた染吾郎をして初見だった。知識としてはあったが、それを鬼が持ち出すとは考えてもいなかった。

『悪いな、加減はできねえんだ』

筒状の砲身が環状に密集し、金属薬莢を使用する後装式の閉鎖機構と給弾機構が一体となった長大な鉄の塊。人であるならば使用するのに四人は必要であろうそれを、井槌は鬼の膂力にものを言わせ軽々と扱っている。複数の銃身を回転させながら給弾・装填・発射・排莢のサイクルを繰り返して連続射撃を行う兵器。即ち、ガトリング砲である。

「ふざけ、んなやっ！」

強く地を蹴って横に飛ぶが、相手はほんの少しの動作で銃口を染吾郎に再び合わせた。

轟音が響き渡る。立ち込める硝煙に雨あられと降り注ぐ鉛の弾丸。ガトリング砲は戦争に使用されるものであり、一個人に向けられるには威力があり過ぎる。それが惜しげもなく染吾郎にのみ襲い掛かった。

土埃が巻き上がる中で井槌は銃撃を続け、そしてきっかり十秒の後、ようやくガトリング砲を止めた。

『おお……』

漏れたのは感嘆だった。

井槌は既にガトリング砲で熟練した退魔を葬ったことがあるのだろう。いかに技を練磨して体を鍛えても、人は重火器の前では何もできない。それを彼は経験として知っていた。だから銃撃の雨を防いで見せた染吾郎に対して尊敬の念を向けていた。

「しゃれこうべ……改め、〝狂骨〟」

染吾郎の前には折り重なった骨の壁があった。若い頃から好んで使用してきた骸骨の付喪神〝しゃれこうべ〟をさらに突き詰めた付喪神だ。弾丸を受けて砕けるも、次から次に狂骨を産み出して遮ってみせたのだ。

『俺は今まで退魔だろうが鬼だろうがこいつで葬ってきた。だってのに』

染吾郎の名前は既に孫が受け継いでいる。だというのに彼が染吾郎を名乗り、多くの退魔がそれを受け入れるには理由がある。単純に、今代の秋津染吾郎よりも四代目である彼の方が強かった。秋津の後継どころか、妖刀使いの南雲も勾玉の久賀見も彼には及ばない。だからこその稀代の退魔の称号であり、名を譲り渡した後でさえ秋津染吾郎と呼ばれる所以だ。魔を討つ者の中でも最上級に位置するのが四代目秋津染吾郎という男だった。

『あんた、すげえな』

　近代兵器を前に古臭い術法で対等に渡り合う。その技に純粋な賞賛を送り、しかし銃撃を受けてぼろぼろになった狂骨を見て、井槌は何ともいえない切なそうな表情をした。

『だが、悲しくなるぜ。おそらくあんたが半生をかけて磨いたであろう術は、金で買えるもんと互角なんだよ』

　井槌の言葉はどうしようもない真実だ。今の一合はガトリング砲を封じたのでも上回ったのでもなく、ただやり過ごしただけにすぎない。科学の進歩はすさまじく早い。あの銃撃の前では、多くの退魔が手も足も出ず命を散らすだろう。逆に人が使えば、何の訓練もなく鬼を討つことさえ可能だ。

『だから俺は南雲に付いた。こんなくそったれたもんを使ってでも、為すべきを為すと決めた。あんたなら、この気持ち分かってくれるだろう?』

　鬼と人。種族は違えど染吾郎と井槌は同じ無常を噛み締めている。ここまで簡単に命を奪える兵器があるのなら、退魔も鬼も昔のような価値はないのかもしれない。

「ま、分からんとは言わへんけどな」

「井槌よ、戯言はよい。さっさとそやつを葬れ」

流れを断ち切るように叡善が冷たく吐き捨てた。

『いや、だがよ』

「そやつ自身を狙わずとも、適当にばらまけば自ら当たりに来るだろうて」

先ほど染吾郎が横に飛んだのは銃撃を避けるためではなく、まかり間違っても流れ弾が動けない者達に当たらぬようにという配慮だ。そこを指摘されて、血管が千切れるほどに苛立ちが湧く。

こいつとは絶対に相容れない。人であってもあれは敵だ。周囲の被害など気にせず己が目的を達そうとする、あやかし以上に悪辣な存在だった。

『まあ、別にいいけどな』

井槌も叡善には従うらしい。

一人ならガトリング砲も防げる。だが誰かを守りながら戦うのは不可能に近い。叡善は何かを企み招待客を集めた、ならば殺すわけがない。その想定は狂気じみた笑みに否定された。

「やめ……！」

あれは理性や常識では測れない輩だ、虐殺くらいはためらいなく実行する。脳裏に浮かんだ惨状が染吾郎を動かすが、一歩遅かった。必死の叫びは鉄のように固く冷たい響きに掻き消された。

「〈血刀〉」

すぅ、と夜に赤い線が走った。一直線に飛来した濡れた真紅の刀が、寸分違わず叡善の眉間を貫く。

　突如として現れた乱入者に井槌も動きを止めてそちらを見ている。そこには黒衣をまとった男の姿があった。

「あまり、義息子(むすこ)を苛(いじ)めてくれるな」

　懐かしい声だった。

「あ、ああ」

　恐怖ではなく驚愕ではなく、自身の内から湧き出る理解し難い感情が染吾郎の体を震わせた。

　ゆっくりとした足取りで、刀を投げつけた男が庭を進む。その顔には覚えがある。何十年と経った今でも忘れるはずがなかった。

『なんだ、てめえは』

　いきなり出てきて上役を殺してみせた男に、井槌が剥き出しの殺気を突き付けている。それを受け流して男は静かに語る。

「鬼よ。妖刀使いの南雲についたようだが、悪いな。平安より続く退魔の名跡は遠からず歴史からその名を消す」

　そこで男は刃のような目で叡善の死骸を睨む。

「分かりにくかったか？　南雲を叩き潰すと言ったのだ」

　葛野甚夜(かどのじんや)は明確な敵意を退魔に向けていた。

4

長身の女中、吉隠は気絶した希美子を抱えて地下牢へ訪れた。

牢の中には四肢を拘束された、コドクノカゴと呼ばれる少女がいる。

「やあ、溜那（りゅうな）ちゃん。元気してた？」

吉隠は気安い調子で声を掛ける。猿ぐつわをされているため、返答がなくても気にした様子はなかった。

「君のお仲間、連れて来たよ」

言いながらどさりと希美子を床におろす。丁寧に扱えとは言われたが、死なない程度の配慮があれば十分だ。なにやら上の方が騒がしかったが、助力も請われていない。吉隠は我関せずと床に座り込んだ。

「多分来たのは前に言ってた鬼喰らいの鬼だよね。さあ、どう転がるのかな」

くすくすと、楽しそうに吉隠は笑う。

その表情は本当に無邪気で、だからこそどこか歪（いびつ）だった。

◆

南雲叡善は突如放たれた赤い刀に眉間を貫かれ一瞬で絶命した。染吾郎も井槌も突然の事態に指一本動かせずにいた。

夜に生暖かい風が流れる。

甚夜は悠然と庭を歩き、動けないでいる招待客を背に立つ。絶命した叡善から目を逸らさずぽつりと呟いた。

「向日葵」

「はい、おじさま」

甚夜が名を呼べば三匹の鬼が姿を現した。その中心にいるのは、袴姿の髪を大きな赤いリボンでまとめた女童だ。

ようやく我に返った染吾郎は、目の前の光景が信じられず甚夜を問い詰める。

「おい。あんた、なんで」

声は思っていた以上にかすれていた。今は一線を退いたとはいえ、戦いに身を置いていた者が動揺を晒すなどあまりに無様だ。分かっていながらも取り繕うことができなかった。

染吾郎がまだ三代目に師事していた頃、師匠と共に『鬼そば』という蕎麦屋へ通っていた。その店主と師は親友同士で、夜毎に酒を酌み交わす仲だった。それが染吾郎の知る葛野甚夜。鬼でありながら退魔の友となった男だ。言葉にはしなかったが、鬼でありながら人と共に生きるこの奇妙な男を染吾郎は気に入っていた。

「久方ぶりの再会にしちゃあ、えらい荒っぽいなぁ。……おい、なんであんたが南雲を、退魔の者を殺す？　それに」

数瞬の間を置いて歯を食い縛る。染吾郎は、ほとんど睨み付けるような目で甚夜と傍らにいる女童を見た。その娘が鬼であることよりも、親娘のように立ち並ぶ姿に冷静さを奪われたのだ。

「そいつはなんや。ちっこいが、高位の鬼やろ」

「ああ、直接の面識はありませんでしたね」

甚夜が答えるより早く、女童が軽やかに前へ出た。

「初めまして秋津染吾郎様、三代目にはお世話になりました」

振る舞いから害意は読み取れない。鬼女ではあるが危険な存在には思えなかった。

「三代目に？」

「はい。私については聞き及んでいると思ったのですが」

警戒されていると理解しているだろうに無邪気な態度を崩さず、鬼女は朗らかに笑う。

「私は向日葵と申します。マガツメの娘と言った方が分かりやすいでしょうか」

突きつけられた事実に鼓動が速くなった。

「マガツメ、やと」

向日葵という娘については師から教えられていた。甚夜が心から憎む鬼の首魁（しゅかい）、マガツメ。その長女の名が向日葵といった。南雲が鬼と組んで人を集めていたのは胡散臭（うさんくさ）いが、マガツメはそれ以上に危険だ。染吾郎の師を殺し、野茉莉から記憶を奪い、いずれ鬼神になり全ての人に災厄を振りまく。向日葵は甚夜から全てを奪った化生の娘だった。

「答えろ。あんたは、なんでっ……！」

叫びそうになるのを堪え、それでも湧き上がるものは抑えられない。眼光には染吾郎の激情が籠っている。しかしいくら睨み付けても肝心の相手は平然とそれを受け流した。

「理由は幾つかあるが、説明は後だ。まだ、終わっていない」

取り合おうとしない甚夜に苛立ちは募るが、その一言に頭が冷静になっていく。瞬間空気が変わり、染吾郎は先ほど殺されたはずの叡善へと視線を移す。

「ふぅむ。出会いがしらの挨拶にしては、ちと乱暴じゃの」

むくりと死骸が体を起こした。

染吾郎にしろ甚夜にしろ、その程度で驚くほど初心ではない。構え直し、その所作を注意深く観察する。死骸であるはずの叡善が立ち上がり、己が手で頭部に突き刺さった赤い刀を抜き去って砕く。刀は甚夜の持つ〈血刀〉の力で創り上げたものだろう。生成された刀は実存の物質ではなく、砕かれた後はそのまま霧散していった。

「やれやれ、貯蓄しておける命にも限りがある。あまり無駄遣いはしたくはないのだが」

抉れた脳が、割れた頭蓋が、裂かれた肉や皮膚が塞がっていく。血を袖口で拭えば、もはや傷跡も見当たらない。再生ではなく完全な蘇生だった。目の前の相手は間違いなく一度死に、そのうえで蘇ったのだ。

南雲叡善は何事もなかったかのように息を吐いた。致死の一撃を無に帰しながら勝ち誇ることさえしない。命を取りに来た甚夜のことを、たかる蠅(はえ)程度でしかないと見下していた。

「命の貯蓄、やと？」

「うむ。当主としては不出来であったが、隆文もようやっと役に立ちおったわ」

思わずぴくりと眉が動く。命の貯蓄と現当主の不在を繋げて考えられない程、染吾郎も鈍くなかった。

「また喰らったか、人喰い」

一部始終を眺めていた甚夜がどうでもいいことのように吐き捨てた。その言葉に確信する。南雲叡善は人を喰らって命を貯蓄し、その分だけ死んでも蘇生できる。鬼の力に似た特異な能力をその身に宿しているのだ。

「下衆(げす)のように言うてくれるな。同種喰らいはお互い様だろうて、鬼喰らいの鬼よ」

「違いない」

両者には面識があるのか、敵同士でありながらどこか気安いやり取りをしている。しかしそれは表面だけで、あたりを包む空気は冷え切っている。彼らの間には純粋な悪意敵意があった。

「さて、お主がここに来たということは」

「今さら言うまでもないがその妖刀、そしてコドクノカゴを渡してもらおう」

甚夜の研ぎ澄まされた殺気は、鋭すぎて刃を思わせる。それに対して叡善が返したのは、濁り切った泥のような悪意だ。

「できんな。お主こそ夜刀守兼臣を返せ。それは元々南雲のものだ」

叡善の手には刀が握られていた。外観は夜刀守兼臣によく似ている。甚夜の持つ兼臣の刃紋はのたれ刃に葉の組み合わせ、対して叡善のものは数珠刃。それ以外は長さ、柄や鞘の拵えもほぼ同一だ。そもそも夜刀守兼臣とは戦国後期の刀匠兼臣の造り上げた四振りの人造の妖刀。叡善の刀も四本のうちの一本で、鬼の異能に似た力を宿しているのだろう。

甚夜が左足を引き、わずかに腰を落とす。引き足に体重をかけていつでも動けるよう体勢を整えると、注意は敵へ向けたまま向日葵に声を掛けた。

「向日葵。そこに転がっている奴らを頼む」

「はい。関係ない人を助ける義理はありませんが、おじさまの頼みなら」

こくりと頷けば、呼応するように向日葵が引き連れていた鬼どもが動けない招待客たちを抱え上げた。向日葵は人々に危害を加えるつもりはないらしい。傷つけないよう鬼は丁寧に客達を扱っている。

「宇津木、まだ香が抜けていないだろう。お前も一緒に」

「逃げへんで。幾らあんたでも、ガトリング砲避けながら切った張ったはしんどいやろ。井槌、やったか。あいつは俺が抑えといたるわ」

染吾郎の言葉に叡善が異を唱える。

「ふぅむ、妙なことを言う。退魔の家へ襲撃を掛けた鬼の味方をするのか？　稀代の退魔と謳われた四代目秋津染吾郎が？　お主が倒すべきはそこな鬼であろう」

言葉の端々に嘲りがちりばめられていた。

それを鼻で嗤い、眼前の人喰いにありったけの侮蔑をぶつける。

「やかましいわ。マガツメのこと別にしたら、こいつとあんた、どっちにつくかなんぞ端から決まってるわ」

数十年ぶりの再会だが、甚夜の行いを信じられる程度には日々を積み重ねてきた。ならば躊躇う理由はない。

「あんたらが何やってるんかは知らん。せやけど南雲の爺、あんたの方が間違ってる、絶対にな」

強く言葉をぶつければ、様子を探っていた甚夜の鉄の表情にわずかな動揺が滲んだ。

「宇津木」

「ただ、後で話は聞かせてもらう。今度は逃げるんちゃうぞ」

「……ああ」

短い受け答えを経て、互いに己の敵と向き合う。

井槌は染吾郎の言葉を「見事」とばかりに笑っていたが、叡善は冷めた目で眺めていた。茶番だ、と口にせずとも目が語っている。漏れてきた声も同様にひどく冷たかった。
「訳の分からぬことを。所詮は無能の弟子か……井槌」
『おお。中々いい男どもだ、気は進まねえが』
井槌が銃口を染吾郎に向けた。
叡善は初めから甚夜しか見ていない。
空気がぴんと張り詰めて沈黙が辺りに漂い、しかしそれも長くは続かなかった。
開戦に言葉はいらない。
夜に響き渡る轟音と硝煙の香りを皮切りとして、皆が一斉に動き始めた。

甚夜は懐かしい顔との再会でゆるんだ心に活を入れる。
向日葵は鬼を操り、動けない招待客と未だ意識を保っていた二人の男女を抱えて逃げ出した。鬼に助けられるのを拒否しているが、麻痺したままでは抵抗もできずされるがままになっていた。
染吾郎もまた香により動きが鈍っているため、付喪神を使っての守勢と援護に専心している。そこに井槌は乗っかるつもりらしい。先程と同じくガトリング砲で染吾郎だけを狙っていた。
動かない相手は捨て置いて甚夜を狙った方が効率的だろうに井槌はそうしなかった。あえて不合理を選んだのは、加勢すると言った染吾郎の心意気を認めているからだろう。重火器を使っていても、井槌は強者を認めて不器用なまでに己が在り方を貫こうとする昔ながらの鬼だった。

期せずして甚夜と叡善は一対一の形になった。

名うての退魔といっても全盛期はとっくに過ぎている。しかし南雲叡善は他者の命を喰らい内に溜め込む人喰いだ。それが叡善の持つ夜刀守兼臣の持つ力ではないと、既に甚夜は知っていた。つまり奴には蘇生能力に加えて妖刀によるもう一手がある。油断はできないが、様子見に徹するつもりもなかった。

〈疾駆〉で一気に間合いを詰め、すれ違いざまに夜来で首を斬り落とす——まずは一殺。

足に力をこめてすぐに振り返り横薙ぎ、二殺。老いのせいか反応が鈍い、心の臓を一突きで貫きこれで三殺。

「相も変わらず遠慮のない鬼よ。三つも命が無駄になったわ」

そこまでやってなお老翁は嗤う。甚夜が知る叡善本人の異能は、貯蔵した命を使用した自動蘇生だ。その性質上蘇生には限りがあり、だというのにかつての戦いでは倒しきれなかった。

以前、出会い頭の戦闘で十四回殺した。単純な実力では甚夜が勝っている。しかし「いくつ命を貯蔵してあるか」が分からない。だから戦いは優勢で止まってしまう。極端な話、もし相手の貯蔵する命が億を超えるならば、そもそも勝つことは不可能になる。

「使わぬのであれば返してもよかろうに」

空に舞った自身の頭部を右手で掴み、首に接着しながら叡善が奥歯を噛む。夜刀守兼臣で斬らなかったことが気に食わなかったらしい。

「斬るべきものを選べる心こそ南雲の誇り……そう言ったお前になら、こいつが納得すれば返してもよかったが」

かつて南雲の当主は娘に一振りの妖刀を贈ったそうだ。いずれ南雲を継ぐ娘は剣の腕が拙かったため、意思を持つ刀に守護を願ったらしい。

『傷付けることを躊躇えない者は妖刀使いに相応しくない。妖刀は心をもてど斬るものを選べない。ならば、使い手はそれを選べる者でなければならない』

平安より続く退魔の名跡、その当主でありながら彼はお人好しだった。娘はそんな父を敬愛し、南雲を継ぐ者としてかく在ろうと心に決めた。

だが彼女の想いは途中で途切れてしまった。当主の娘である南雲和紗（かずさ）はマガツメなる鬼の娘・地縛（じしばり）に殺された。叡善が贈った夜刀守兼臣はその仇（かたき）を討つために世に流れ、刀一本で鬼を討つ剣豪の元へ辿り着く。

今さらどうしようもない過去の話である。

「鬼風情が、知った風な口を利く」

「やはりお前には、渡せんな」

娘の喪失こそが南雲叡善という男を変えたのかもしれない。思うところはあるがどのみち討たねばならない相手だ。どのような過去も斬ることを躊躇う理由にはならない。故に四殺、五殺、六殺と幾重にも命を奪い取る。

それでも足りない。叡善は他人の命を犠牲に反撃を試みて刀を振り上げる。常人よりは多少速かろうがやはり老体、鬼の目から見れば動作は鈍い。しかし、それは十二分に脅威足りえた。

「ならば死骸を漁るだけのこと。〈鬼哭〉の妖刀……その力の一端、存分に味わうとよい」

立ち昇る黒い瘴気。禍々しいまでの力が妖刀から発された。

5

甚夜は二十年以上前のことを思い出していた。

戦いの発端は大層なものでもない。ある夜、一人の少年が人喰いに襲われた。たまたま居合わせたから人喰いを相手取った。それだけの話だ。

以前立ち合った時、叡善は夜刀守兼臣を持っていなかった。だから、甚夜としては追い払えればそれでよかった。無理をしてまで殺し切る必要はなく、向こうも少年に固執する理由はなかった。十四の命を消費するまで叡善が粘ったのは、娘に贈ったはずの夜刀守兼臣を甚夜が持っていたからだろう。それでも自身の本当の命を危機に晒すほどではなかったのか、劣勢を悟れば簡単に退いた。

つまり前回は戦いとも呼べない、出会い頭の挨拶程度の攻防に過ぎなかった。

だから甚夜が知る叡善は「複数の命を持つ厄介な人間」であり、逆に相手が知っている甚夜は「複数の異能を持つ厄介な鬼」程度でしかない。互いに本領を見るのはこれが初めてだった。

叡善は袈裟懸け(けさが)に刀を振るった。さすがに妖刀使いと謳われる家系だけあって、年老いても剣の腕はさるもの。剣術の基本をきっちりと押さえ、それだけに留まらず実戦で練磨した美しい太刀筋である。しかし甚夜が息を呑んだ理由は、彼の持つ夜刀守兼臣から放たれた気配の禍々しさにあった。

黒い瘴気が妖刀より立ち昇って刀身へとまとわりつき、二回りも三回りも刃を大きくする。触れるだけでも危険と思わせるだけの不気味さがあった。

「〈地縛(じしばり)〉」

直接は受けない。虚空から現れた鎖を編み、盾のようにして肥大化した一刀を防ぐ。

「無意味なことを」

しかし止まらない。がしゃ、と頼りない音を響かせて一瞬にして鎖は砕け散る。

それは予測済み。斬撃の速度が鈍った隙に右斜め前へ踏み込む。右足を軸に体を回し、繰り出す刺突は咽頭を抉る。

七殺。命は奪ったが、刀身を肉に絡め取られて甚夜の動きが鈍った。その隙を狙って瘴気は形を変える。後ろへ退がるよりも早く次の一手が来た。

例えるなら触手か槍、あるいは両方だろうか。黒い瘴気は複数の細長い槍となり、各々が意思を持っているかのように襲い掛かった。刀で打ち落とすには数が多すぎる。甚夜は足を完全に止めた。

「〈不抜〉」

土浦(つちうら)の願った壊れない体が形になった異能、動けなくなる代わりにあらゆる攻撃を寄せ付けない鉄壁の守りだ。絶対の自信を持って叡善の攻撃に備える。しかし複数の刺突が甚夜の体にぶち当たり、その身を貫いた。

染み渡る痛みは裂傷よりも火傷が近い。まるで焼けた鉄の棒を体に突っ込まれたような激痛と不快な感覚に〈不抜〉を維持できない。

壊れない体で防げない攻撃を疑問に思い、それが見当違いなのだと気付く。そもそも相手は〈不抜〉を破ってなどいなかった。その証拠に衣服は破れていないし、傷がなく出血もしていない。ただ痛みだけが体を通り抜けた。

からくりは分からないが、叡善の持つ夜刀守兼臣は、正確にいえばその中にある存在はそういう真似ができるのだろう。なんとも厄介だが、痛みだけなら動くことに支障はない。甚夜は間合いを詰め攻勢へ転じた。

「くかか、儂(わし)では引き出せるのは一割にも満たぬ。それでもこの力。見事、さすがに……」

悦に浸る叡善は至近距離で黒い瘴気を凝固させ、触手のように甚夜へと伸ばす。

防ぐのは不可能、避けるしか道はない。最低限の体捌きで瘴気をやり過ごし、叡善の右腕を下から斬り飛ばした。

もともと目的は殺害ではなく夜刀守兼臣とコドクノカゴの奪取。今は命を削り取るよりも刀を奪うことに専心する。

宙を舞う右腕と妖刀、それを掴もうと手を伸ばす。

『そうはいかねえなぁ!』

突如弾丸の雨が降り注いだ。

いくら鬼であっても重火器の直撃を受ければ死に至る。妖刀まであと少しという所で、甚夜は大きく後ろへ退かざるを得なかった。

〈飛刃(ひじん)〉や〈血刀〉を使えば遠距離攻撃も可能だが、ガトリング砲のように連射がきかない。切れ目ない弾幕を越えて勝つのは至難であり、叡善の相手をしながらでは不可能に近い。

『悪いが、あんたにはここで』

井槌は銃口を甚夜に固定している。再び掃射しようとするが、骸骨の群れに阻まれた。

「お前の相手はこっちや」

狂骨の群れが井槌を襲う。甚夜に意識を割いていたぶん反応が遅れ、骨に肉を抉られる。苦悶(くもん)に顔を歪め、井槌は染吾郎に向き直った。

「それでええねん。他に気ぃ回してる暇ないやろ」

にやりと笑う染吾郎に心の中で感謝し、礼の代わりに叡善の脳天を叩き割る。

八殺、まだ死なないが再生するより早く刀を奪う。

「渡さぬ」

頭蓋が割れ、脳が露出した状態で叡善は切っ先を突き付けてくる。黒い瘴気が勢いを増し、甚夜を飲み込もうと雪崩(なだれ)のように迫る。防げないし、範囲が広すぎるせいで逃げられもしない。

「なるほど、ありがたい」

防ぐのも避けるのも不可能ならば、もはや進む以外に道はない。なすべきは明確。なんとありがたいことか。これで気兼ねなく無茶ができる。

当たり前のように甚夜は瘴気の大本へと突進する。その踏み込みには、恐怖もためらいもなかった。

時を少し遡る。

招待客の避難を配下の鬼に任せた向日葵は、気付かれないよう地下牢へと侵入した。

甚夜がわざわざ表に立って叡善を殺すという目立つ真似をしてみせたのは、このためだった。彼が囮(おとり)となり、南雲の本家を離れたと見せかけた向日葵がコドクノカゴを奪取する。最初からそういう段取りになっていた。

そもそも向日葵と甚夜は、奇縁が重なり南雲という共通の敵を見つけたことで手を組むにいたった。

当然、甚夜の方には遺恨がある。マガツメは既に妹ではなく仇敵だ。ただ、多少の引っ掛かりはあるようだが、向日葵にまでは強烈な悪意を向けることはなかった。その辺りは向日葵がマガツメに関する情報や、裏の事情を明かしたせいもあるだろう。なにより今回に限っては、二匹の鬼の目的は最終的には同じだった。

ただし、実際のところ二人の思惑には多少の差異がある。だから向日葵は協力関係を結ぶ際に裏切る可能性を匂わせたが、甚夜は表情も変えずに返した。

『構わん。お前は裏切るにしても正々堂々と裏切るだろう？』

マガツメの娘は切り捨てた想いの欠片。向日葵は鈴音（すずね）の「大好き」という気持ちが形になった存在である。打算によって生まれた協力体制だが手を組んだ以上騙すつもりはなく、ましてや裏切るなどあり得ない。それを他ならぬ彼が信じてくれた。向日葵にとって、甚夜の何気ない一言は命を懸けるに足る信頼だった。

「ここ、ですね」

叡善も井槌も庭に足止めされている今が好機だ。鉄の格子へ目を向ければ、牢の中には四肢を拘束されて猿ぐつわを噛まされた少女が転がされている。牢の前には、侵入者を阻むように女中が立っていた。

「あ、いらっしゃいませ」

赤目の女中が笑顔で向日葵を迎え入れる。足元にはもう一人、女がぴくりとも動かず横たわっていた。微かながら呼吸の音は聞こえるので気を失っているだけだろう。

あの女中は牢番か監視役なのか、今一つ相手の立ち位置が見えない。向日葵は女中の顔をじっと眺めた。背丈は高いが肩幅はそれほどでもない。鬼女といっても戦いに適しているとは思えない体つきだった。

「あなたは」

「叡善さんの協力者ってところかな」

あの妖怪爺が仕事を任せたのなら、相応の理由があるはずだ。事実、向日葵が敵意を向けても女中は余裕の態度を崩さない。

「それにしても、鬼喰らいの鬼はマガツメと手を組んだんだ。これはちょっと分が悪いかなあ」

甚夜が組んだのは、あくまでもマガツメではなく向日葵だ。向日葵の力は〈向日葵(ひまわり)〉、「設定した対象への遠隔視」だ。マガツメはこの力により甚夜の情報を得ていたので、現状、彼女に甚夜の行動を知るすべはない。そもそもマガツメは現在動けない状態にある。この件に関してマガツメは一切関わっていなかった。

勿論、それを教えてやる義理はない。代わりに目の前の相手へ不審の目を向ける。

「私達を知っているのですか?」

「そりゃあね。鬼でありながら鬼を喰らう男の悪評と、色々やってるマガツメとその娘。鬼の間じゃあ有名だしね」

「一方的に知られるのは、あまりいい気分ではないですね」

「あはは、ならぼくも名乗っておこうかな」

女中はすっと目を細め、妖しく冷笑して見せた。

「吉隠。多分、いつか忘れられなくなる名前だよ」

整った容姿だけにその仕種は絵になる。しかし吉隠には、どこか不安を煽るような奇妙さがあった。

「よろしくね。さてと」

名乗りを上げた吉隠は一度深呼吸をして、急に両手を上げたかと思えば抑揚のない叫び声を上げた。

「なんということだ、鬼女に襲われた。ああ恐ろしや恐ろしや、私も命が惜しい。早く逃げなくては」

棒読みにしても酷過ぎる。半笑いで慌てた様子など欠片もない。相手を馬鹿にするような、あからさまな演技だった。

「お家の一大事だ、叡善さんにも伝えないと」

言いながら牢の前から離れ、向日葵の横を通り過ぎてそそくさと出口へ向かう。こちらに危害を加えるでもなく抵抗もしない。そのうえ叡善の協力者であるはずの者が、企みの要たるコドクノカゴをみすみす敵に渡す始末。何をしたいのかが分からず、向日葵は去っていく背中に言葉を投げつけた。

「待ってください。あなたは、コドクノカゴを守っていたのではないのですか？」

「違うかな。叡善さんにとっては必要だろうけど、ぼくにはあんまりね。手を組んでいるからって全てにおいて賛同しているわけじゃないよ」

「なら、鬼なのに人と手を組んでまで目的を果たそうとするあなたは、いったい何を考えているんですか？」

足を止めた吉隠は、口元に人差し指を当ててしばらく考え込んでいた。くるりと振り返って無邪気な笑みで答える。

「鬼なのに人と、ね。強いて言うなら……お茶が好きってところかな」

意外な返答に向日葵は面食らった。吉隠はそんな反応など気にせず言葉を続ける。

「でも最近の流行はカフェーでコーヒーらしいね。着物はもう時代遅れで、今時のモガ（モダン・ガール）はそんなの着ないんだってさ。道にはたくさんの街灯ができた。夜は明るくなって便利になったと思うけど、鬼は逢魔が時を奪われた。近代化を経てこの国は豊かになったけど、そのために切り捨てられたものって結構多かったと思うな」

大げさに両手を広げる吉隠の振る舞いは、演説でもしているかのようだ。

「南雲だってそうだ。今まで人のために散々戦ってきたのに、刀を奪われた。鬼を怖がる人も少なくなったんだ、それを倒す退魔が敬われなくなるのも当然。だけど納得できるかって言われたら別だよね。それは勿論、居場所を奪われたぼくたち鬼も同じ」

向日葵は気圧（けお）されていた。言葉尻の軽さに騙されてはいけない。吉隠の言葉の端々には、母と同じものが感じられる。

「君はさっき鬼なのにって言ったけどね、多分、もう鬼と人となんてのは流行りを過ぎたんだ。

ぼくたちが時代に捨てられていく存在なら、敵対するべきは捨てようとする時代。かつてを踏み躙(にじ)ってのうのうと繁栄する大正こそが敵だ。ま、憎しみってほどじゃなくて、単なる八つ当たりだよ」

吉隠の目は妄執に近い影を宿している。あれもまた一個の鬼。己が在り方から外れることのできない、古き時代のあやかしだ。

「でも一人じゃどうしようもないし、同じく時代に捨てられた退魔と手を組んだ。目指すべきところは微妙に違うけどね。だから溜那ちゃん……コドクノカゴはいない方がいい。ささ、鬼喰らいの鬼と一緒に早く助けてあげなよ。ああ、ついでに希美子ちゃんも連れてってあげてね」

向日葵が何も言えずにいると、締めくくるように吉隠はにっと笑い今度こそ地下牢から去っていく。それ以上呼び止めることはしなかった。

去って行った後ろ姿を思い出しながら小さく零(こぼ)す。

「おじさま、もしかしたら一番の敵は南雲叡善ではないのかもしれません」

その予感は、遠からず甚夜の行く末を暗示するものだった。

甚夜は襲い来る瘴気の波を冷静に見据えた。

多少の痛手には目を瞑(つぶ)り、夜刀守兼臣を奪うため突っ込もうと一歩を踏み込もうとする。

「……叡善さん、大変だ！」

しかし動く前に、突如屋敷から上がった叫び声に止められた。

「ぬぅ」

それは叡善にとっても予想外だったらしい。庭に現れた女中は息も絶え絶えといった様子だ。土で汚れところどころに傷があり、服には少し血がついている。

「吉隠、なにがあった」

「マガツメの手の者が現れて。溜那ちゃんを」

その言葉に老翁の顔が険しくなる。ぎり、と奥歯を噛み締め甚夜を睨み付けた。

「貴様が手引きしたか」

「わざわざ人助けのためだけに、あれを連れてくるわけがなかろう」

どうやらうまくやってくれたらしい。激昂して醜く表情を歪める叡善が、人とは思えぬ形相で吉隠を責め立てる。

「あれはどうなった！」

「それが、希美子ちゃんと一緒に」

「希美までだと！　この、無能がっ！」

怒りに視界を曇らせ、吉隠とやらに意識が割かれている。

この好機は逃せない。

甚夜は隙をついて〈疾駆〉で駆け出し叡善に肉薄する。脇構えから右足で一歩、両の足はしっかりと大地を噛んでいる。腰の回転により生まれた力は肩から腕へ、腕から手へ、握られた刀へと完全に乗せる。狙うは胴体。一太刀の内に斬り伏せ、蘇生するより早く妖刀を奪う。

「ぬおっ」

気付いたようだが少し遅い。横薙ぎの一刀、刃は相手の肉に食い込んでいる。まだ止まらない。そのまま骨を断って臓器を抉り、通り抜けた刀は叡善の体を両断してみせた。

左手を伸ばして夜刀守兼臣を奪おうとするが、またも邪魔が入る。先程の女中が距離を詰めてきた。なにを、と疑問に思ったのも束の間、女中の手に拳銃が握られているのが目に入った。

近代的な銃ではない。握り鉄砲と呼ばれる江戸の頃からある暗器の一種だ。掌に収まる大きさで、取手と銃身を一緒に握りこむことで弾を発射することができる拳銃である。銃といっても命中精度は低く射程も短い。その目的は単純、掌に隠して不意を打つ、ただそのためだけのものだ。しかし接近戦なら人の命を容易(たやす)く奪うことができる。

女中は銃口を甚夜の眼球へ向けて至近距離から撃った。

たんっ、という軽い音と共に放たれた弾丸が甚夜の左腕に突き刺さる。咄嗟(とっさ)に腕で眼球を庇(かば)って間に合った。いや、正確にいえば間に合わされた。

「井槌っ！」

『おう！』

巧(うま)い。甚夜は心中で女中の技を賞賛した。

暗器である握り鉄砲をあえて見せつけたうえで銃口の向きでどこを狙っているのか甚夜に知らせ、わざわざ防御が間に合うように撃った。体なら耐えられるが視界を奪われるのはまずい。そう考えた甚夜はほとんど反射的に腕で目を庇い、結果一瞬だけ視界が遮られて動きが止まる。その間に井槌が染吾郎を振り切り、叡善を連れ去る。

たった一発の銃弾で、女中はまんまと窮地を脱してみせたのだ。

「鬼喰らいの鬼……屈辱は忘れぬぞ。いずれ、コドクノカゴは必ず取り返す。そして、その時にはお主を贄(にえ)としてくれるわ！」

上半身と下半身が離れたまま叡善は恨み言を絞り出す。それを抱え上げた井槌や女中も甚夜から距離をとっており、完全に逃げる体勢を作っていた。

『まあ、そういうこった』

「ごめんね、鬼喰らいの鬼。この人、今はまだ必要なんだ。退かせてもらうよ」

言いながら女中は井槌に後ろから飛び乗り、土産とでも言わんばかりにガトリング砲を雑に掃射した。甚夜は〈不抜〉、染吾郎は狂骨でそれを防がざるを得なかったため、追うこともできない。こうして叡善たちは見事に屋敷から逃げ去ってみせた。

鮮やかな手並み。鬼どもはまるで最初からこういう展開を予測していたかのような動きだった。

横目で染吾郎の方を見れば、怪我をした様子はない。どうにか一安心といったところだ。

「なんやあいつら。ま、逃げなあかんのは俺らも一緒か。押し入り強盗にされたらかなんしな」

このご時世、「鬼とやり合った」などという言いわけは通用しないだろう。警察に見つかれば染吾郎の言う通り、南雲の家に侵入した強盗として扱われる。ただ逃げる前にやるべきことが残っている。

「宇津木、お前は先に行っていろ。私はまだ用がある」

「おお、と言いたいとこなんやけど、俺も逃げる前にやらなあかんことがあってな。中にまだ知り合いの娘っこがおるはずや。見捨てては行けへん」

「いや、こちらの用もそれだ。希美子なら私が拾ってくる」

間の抜けた声を上げて固まる染吾郎を無視して、甚夜は目的の場所へ向かった。敷地内にある二つ建ち並ぶ倉庫の片側、その裏手にある入口から地下へと潜る。事前に向日葵が調べた地下牢への道である。

まだ騒ぎになってはいないが、いつ警察の目に留まるかは分からない。早々に目的を果たそうと足早に進んでいく。

「おじさま、こちらです」

下では向日葵が軽く手を振っていた。

抜け出た広い空間は湿気が多いせいか、空気がべたつくようで居心地が悪い。鉄格子と拘束された少女を見ればなおさら胸糞が悪くなる。

近くには赤瀬希美子の姿もあった。気絶はしているがそれ以外変わった様子もない。叡善の狙いを考えれば命の危険はないと分かっていたが、それでも直接無事を確認できれば安堵の息が漏れる。これで後は牢の中にいる少女を確保するだけだ。

「この娘が」

「はい、間違いなくコドクノカゴです。確か、溜那と呼ばれていましたけど」

意識はあるが現状を把握できていないのだろう。少女は甚夜を呆けたように眺めているだけだ。

彼女の目には感情の色がなかった。救助への期待や、酷い目に遭わされるのではないかという不安もない。怯えや動揺もなく、だからといって現状に耐えられる強さも感じさせない。外界に何ら興味を持っていないのだ。初めから「閉じ込められた自分がいつか救われる」なんて期待はしていない。同時に、その現実に絶望さえできないくらいこの娘は現状に慣れ切っていた。ここから出られず死んでいくことを当たり前だと彼女は思っている。

「利用されるだけの命、か」

歳は十四、五といったところか。かつて自分にも娘がいた。だから親の愛情を受けてしかるべき年頃の少女が、ここまで空っぽな表情をしていることに、ほんの少しだけ同情する気持ちが起こった。

〈剛力〉の力を使う。骨格が変わるほどの膂力増強ではなく、人の形を維持したままで腕力を強化した。頑丈な鉄格子が飴細工のように曲がり、人一人が抜け出すには十分すぎる隙間ができ上がった。

「おじさま……？」

不思議そうな顔をしている向日葵は無視して、牢の中に入って行く。少女の近くにまで寄って拘束具を引き千切り、猿ぐつわを取っ払った。見れば長らく幽閉されていた割に筋肉は衰えていないし、血色も悪くない。丁重ではないがそれなりの扱いを受けていたようだ。

甚夜は無表情のまま少女へと手を差し伸べた。

「ここで死ぬか、付いてくるか選べ」

この娘は南雲叡善の企みの要、初めから連れ出すつもりではいた。だが、あえて選ばせようと思った。

生きる気がないならばここで殺す。そうすれば今後の難度は多少上がるが、叡善の目論見を狂わせる程度はできる。彼女が死を選ぶならそれでもよかった。だが、もしも少しでも生きようとする意志があるのならば、その手助けくらいはしよう。どうせこの娘の生死にかかわらず南雲叡善は潰すつもりだし、夜刀守兼臣は奪い返さねばならない。多少背負うものが増えたところで今さらだ。

「……あ……」

か細い声が漏れた後には長い沈黙と硬直があった。

おそらく彼女は手を取らないと思っていた。何の興味も持てないこの娘は何も選べないのだと。

もしもこの硬直が続くならばと最悪の結末を考えていたが、予想に反して少女はたどたどしく立ち上がった。

躊躇いがちに、まるで初めて見る奇妙なものを触るようにおどおどとした様子で手を伸ばす。まるでもなにも今まで彼女の人生の中で手を差し伸べてくれた人などおらず、選べと言う甚夜は相当奇妙な人物だったに違いない。だからこそ心は動いたのだろうか。あらゆるものに興味を抱けないと思った彼女にも、まだ残っているものがあった。

おそるおそる少女は甚夜の手を取った。望む望まざるにかかわらず、生涯には選択の時というものがある。彼女にとってはこの瞬間こそがそうだったのかもしれない。

「よし、ならば行こう」

甚夜は落とすように笑ってみせた。懐かしいと感じたことが少しだけ寂しかった。

「痛ぅ……」

そこで今まで横たわっていた赤瀬希美子も目を覚ました。

「ここ、は」

どうやら状況どころか何故気絶したのかも分かっていないようだ。周囲の様子や曲がった鉄格子を見て混乱し切っている。遅れて甚夜達に気付き、希美子は唇を震わせた。

「何故ここにいるのですか、爺や……？」

甚夜は京を離れた後、紆余曲折(うよきょくせつ)を経て赤瀬の家内使用人に収まった。今では希美子の世話役の真似事をしている。爺やという呼び名はもともと母親、志乃が使っていたものだ。幼い頃に「じんや」を言い間違えて「じいや」と呼んだのが、いつの間にか定着してしまった。

「お迎えには上がりますと言っておいたはずですが、お嬢様」

自然と口の端が吊り上がる。親子二代にわたる呼び名は決して嫌いではなかった。

6

溜

［音］リュウ

［訓］したたる　たまる　ためる　ため

《意味》

１ たまる。ためる。たまり。ため。水がとまってたまる。２ したたる。したたり。３ 液体などを熱して蒸気にしたものを冷やして凝結させること。

溜(ため)

《意味》

１ ためておく場所。特に肥料用の糞尿をためておく所。肥えだめ。２ 必要な力を集中させること。

夜会から帰ってきた翌朝、希美子は普段通り庭が見渡せるガラス張りの一階大広間で朝食を取

っていた。

燭台（しょくだい）を飾ったモダンな広間には、大きく切り取られた窓から柔らかな朝の陽射しが差し込む。いつもならば清々しい朝を感じられるのだが、昨日は深夜三時頃にようやく屋敷へ戻り寝床に就いたためほとんど眠れていない。陽射しの暖かさが逆に眠気を誘い、希美子は朝食を食べながらうつらうつらと舟をこいでいた。

「いやしかし、希美子が無事に帰ってきてよかったよ」

「え⁉」

急に声を掛けられて、びくりと大げさに反応する。希美子の父、充知（みちとも）がにこにことした笑顔でそれを見つめていた。

赤瀬充知は元々婿養子で、希美子の祖父・誠一郎から当主の座を譲り受けた。しかしここまで赤瀬の家を大きくした誠一郎の影響が未だに強いため、彼はひどく微妙な立ち位置にいる。何か大きなことを決めるには誠一郎のご意見を伺わねばならない。正直、頼りにならないところもあった。

しかし充知は、祖父の指示には逆らえない立場でありながら、時折ではあるものの目を盗んで希美子を外へ連れ出してくれた。自身ができる範囲で家のことよりも娘のことを優先する充知は、希美子にとって間違いなく良い父親だった。

「なあ志乃？」

「ええ、本当に」

母親の志乃も穏やかに微笑んでいる。昨日の夜会から帰ってきたことを両親はとても喜んでいた。気絶していたせいで状況を知らないため、そこまで喜ぶ理由が今一つ分からない。

「あの、お父様。無事にとはどういう」

「んん？　南雲の屋敷に強盗が押し入ったんだろう？　僕達は気が気ではなかったんだ。本当に、よく無事に帰ってきてくれたね」

口早に充知が答える。昨夜南雲の屋敷には強盗が入り、来客はそれに巻き込まれた。そういうことになっているのだから、これくらい心配していてもおかしくないのかもしれない。両親は昨日あった奇妙な事件のことを知っているわけではないのだ。

ほっと安堵の息を漏らし、希美子は昨夜の出来事を思い出していた。


南雲叡善らが逃げおおせたことにより、夜会はなし崩し的に終わりを迎えた。

そもそも人を集めるための方便だ。最初から夜会などなかったと言った方が正確かもしれない。ともかく南雲の家に残る理由はこれでなくなった。いつまでも屋敷に居座って強盗犯と疑われても困る。取りあえずの目的を果たし、皆そそくさと敷地を後にした。

しばらく歩いた先、通りの片隅には馬車が停留していた。甚夜が迷いなくそちらへ向かうところを見るに、どうやらあの馬車は彼が準備したものらしい。そこには向日葵という娘と、招待客の中で唯一、最後まで意識を保っていたという男女が待っていた。

「ありがとうございました！」

「本当に、どうやってお礼を言えば……秋津様」

二人は礼を言うためにわざわざ戻ってきたらしい。まだ若いが彼等も退魔に携わる者らしい。四代目秋津染吾郎を以前から知っており、音に聞く稀代の退魔を尊敬していたそうだ。その上命を助けられたのだ、二人の目にはこの老人が読本の中の英雄のように見えているのだろう。特に少女の方は様付けで呼ぶほどの信奉具合だった。

「おう、そう気にすんなや。そない大したことはしてへんしな」

その活躍を見ていない希美子だが、自身の功績を誇らず恩着せがましい態度もとらない辺り大人物ではあるのだろうと察せた。若い退魔達もさらに目を輝かせている。

「さすがに稀代の退魔、貫禄だよなぁ」

「本当に。申し遅れました、私は三枝小尋と言います！」

「落ち着けよ。俺は本木宗司。駆け出しですけど一応、そういう仕事をやっています。もし顔を合わせる機会があったらよろしくお願いします。それじゃ、これで」

わいわいと騒がしい二人を見送り、あれも若さかと老人が笑っている。

「宇津木」

「分かってる。いこか」

向日葵という小さな娘は甚夜と一言二言交わした後に姿を消し、残る者は用意した乗用馬車で麹町へ向かった。

「つまり、どういう状況なのでしょうか？」

あれよあれよと流れる事態について行けず、馬車の中で希美子は問うた。

ほとんどの者にとって理解し難い夜だろうが、ずっと気絶していた彼女にはなおさらだ。なにせ希美子の主観では、叡善と話していたら急に痛みが走って気絶してしまい、目覚めたら二本の刀を持った甚夜がいたのだ。突飛すぎて理解以前の問題だった。

「ああ、なんや。俺もよう分かってへんねん」

どうやら立ち会った者も不明瞭な状況に頭を悩ませているらしい。先程知り合ったばかりの老人、秋津染吾郎は頭を乱雑に掻きながら苦い顔をしていた。

ちらりと御者台（馬車の前面の高い位置に設けた、御者が馬を操る席）に視線を向け、甚夜と隣の少女を交互に見て溜息を吐く。結局は彼等からの説明があるまではよく分からないままのようだ。

「体に異常は」

「……ん」

少女はわずかに声を漏らし、首を横に振って答えた。喋りはしないが甚夜には心を許しているのか、多少なりとも距離が近い。

これも希美子が理解に苦しむ要因の一つだ。甚夜は見知らぬ娘を南雲の家から攫ってきた。地下牢にいたことを考えれば保護の方が正しいのかもしれないが、勝手につれてきたのは事実だ。道すがら何度も説明を求めたが「後で話します」としか返してもらえず、当の娘は声を掛けても何も喋ってくれない。

「あの娘は何者でしょうか」

「さあ。そこら辺もあいつに聞かへんと、どうにもなぁ」

得体の知れない者が傍にいるというのは落ち着かない。溜那は南雲の家の地下牢にいた。甚夜に助けられはしたが、自分もそこへ連れて行かれた。慕っていた叡善の所業が今でも信じられない。憂鬱から希美子は俯き、それきり会話は途絶えた。

重苦しい空気は長く続き、不意にがくんと馬車のキャビンが揺れて馬のいななきと共に止まった。

「どないした」

外の景色を見れば麹町にはついたようだが、紫陽花屋敷まではまだ距離がある場所だ。不思議に思い希美子も身を乗り出したが、既に甚夜は御者台から降りて溜那を抱き上げている最中だった。まるで我が子のように丁寧な扱い方だ。

「すまん、宇津木。屋敷までお嬢様を送ってくれ。南雲の家で騒動があったため、お前が助けて家まで送った。そういうことにしておいて欲しい」

「はあ？　あんたは？」

「姿を消して離れに戻る。赤瀬の爺が使用人の動きまで見ているとは思わんが、一応な」

そもそも希美子が南雲の屋敷へ向かうことになったのは、祖父である誠一郎の命令だ。彼が叡善と繋がっているのは想像できた。

「ああ、よう分からんけど分かった。で、そっちのお嬢ちゃんは？」

「部屋に匿う。幸いなことに叡善は秘密主義だったようでな。この娘の存在を知っているのはごく一部。赤瀬の爺も彼女のことは知らない。見つかっても多少の言い訳はきくだろう」

「まあ納得しといたるわ。後でちゃんと説明しぃや」

「明日には必ず。ではお嬢様、今日はゆっくりとお休みください」

希美子はほとんど会話に入れないままだった。声を掛けられてもうまく返せず、まごついている間に甚夜は溜那を抱きかかえたままいきなり姿を消した。

「え、あれ⁉」

「〈隠行〉……姿を消す力や。せやけど自分以外の奴も一緒に消せるようになってる。あいつも、何もしてこぉへんかったわけちゃういうことか」

「は、はぁ」

説明になってない説明を受け、希美子は首を傾げた。

ともかくさっきの話からすると、甚夜は溜那を匿うつもりらしい。屋敷の裏には使用人たちが住まう離れがある。赤瀬の家の庭師である甚夜もそこに住んでいるため、取りあえず自室に住まわせるのだろう。

「さ、お嬢ちゃん案内してんか。こんな爺でも夜道の供には十分やろ」

屋敷まではまだ少し距離がある。染吾郎の呼びかけにこくりと頷き、希美子は歩き始めた。

こうして夜は過ぎていく。街灯に照らされた道は明るく、辺りがはっきりと見える。

彼女にとってはそれが当たり前なのに、何故か奇妙に感じられた。

「希美子、希美子！」

父の呼びかけに再び意識を取り戻す。

随分と長く呆けていたらしい、父も母も心配そうに顔色を窺っている。

「ご、ごめんなさい。昨日はあまり眠れなくて」

「それもそうね。今日は一日ゆっくりしなさい。先生方にも連絡をしておくわ」

母親の志乃が静かに頷いた。

希美子はほっと息を吐いた。かなり疲れているのは事実だし、今は勉強も頭に入りそうになかった。

甚夜は必ず話すと染吾郎に言った。一度そう約束したならあの老人には説明するのだろう。しかし自分は教えてもらえないのだとも思った。隠し事が希美子に関係あるとしても、危険があるなら話さない。彼がそういう人だと分かっていても寂しさが胸をさす。

疲れているせいか朝食の箸は一向に進まなかった。

「あんた、なにやってんねん」

正午を過ぎ、染吾郎は赤瀬の家を訪れた。

既に昨夜のことを聞き及んでいるのか、玄関で使用人から大層な感謝や歓迎の言葉を受け、促されるままに庭へと向かう。すると、そこでは霧吹きを持った甚夜が紫陽花の葉と睨み合っていた。真剣な顔付きで霧吹きに入った薬品を吹き付け、細々と枝ぶりを確認している。

「害虫の駆除だ。今はこの家の庭師だからな。それなりに楽しんでやっているよ」

「ああ、なんか納得できるんが嫌やわ」

以前から甚夜は花の名や逸話に詳しかった。今度は栽培や剪定(せんてい)の方に手を伸ばしたのだろう。納得がいく反面、庭師をやっているこの男がひどく奇妙に思えてならない。染吾郎にとって、彼はやはり蕎麦屋の店主だった。

「あんた、意外と芸達者やな」

「そうでもない。昔、手を出した鍛冶(かじ)や製鉄は全く才能がなかった。うまくできる周りの者を羨んだものだ」

「つーか、あんたそんなこともやってたんかいな」

随分と昔だが、と素っ気なく返される。甚夜はしばらく紫陽花と睨み合っていたが、一段落ついたのか居住まいを正して染吾郎の方へ向き直った。

「さて、わざわざ足を運んでもらってすまない。約束通り全て話す。そろそろ、こちらの害虫も駆除しておきたい」

表情は穏やかな庭師から、一個の鬼へと変わっていた。


案内されたのは家内使用人に与えられた離れ、甚夜の自室である。室内では既に溜那と向日葵が待っていた。

「悪い、待たせた」

「いえ、大丈夫です。おじさまの部屋もしっかり見ることができましたから」

向日葵はむしろ楽しそうな様子だ。溜那も首を横に振り「気にしていない」と示す。喋らないのか喋れないのか、昨夜からこの娘はまともに口を開いていない。

染吾郎はどかっと椅子に腰を下ろした。大雑把な所作となったのは向日葵がいたせいだ。いくらむやみに鬼を敵視しないのが秋津といっても、マガツメの娘とあれば話は別だ。直接ではないが少なからず因縁があった。

「なにか、複雑そうな顔をしていますね」

「しゃあないやろ。マガツメの娘相手に普通の面（つら）できるこいつの方が信じられへんわ」

向日葵に恨みはないが、その母親は師の仇である。それだけでなく染吾郎はかつて別のマガツメの娘と交流を持っていた。

東菊（あずまぎく）。少し食い意地の張った無邪気な娘だった。しかし彼女は、初めから野茉莉の記憶を奪うために準備された駒でしかなかった。それを知った今でも東菊を嫌ってはいない。ただ何も知らずに笑い合っていた自分が、悔しくて仕方がない。長く生きれば後悔は積み重なる。東菊のことは今も胸に突き刺さったままだ。

「ま、ええわ。今んところはこいつと手ぇ組んでるんやろ？　それやったら、話が終わるまでお前のことは保留や」

「はい、そうしていただければ」

その笑顔だけを切り取ればただの幼い娘で済むのだが、と染吾郎は眉を顰（ひそ）めた。

入る前に確認したが離れには人の気配はない。他の家内使用人は仕事に精を出しているのだろう。

「せやけど、ここで大丈夫なんか。あんた、南雲と敵対してるんやろ？」

「問題はないだろう。こちらに溜那がいる以上、私を追い詰め過ぎるような真似はしない。無論、無茶ができないのはこちらも同じだが」

妙な言い回しに引っ掛かりを覚えるが、取りあえずは納得して本題の方へ移る。

「あんたがそう言うんやったらええけどな。ほんなら、だらだらしててもしゃーないし、話、聞かせてもらおか」

染吾郎は少し前傾になり、鋭く目を細めた。それに応えて甚夜も表情を変え、室内の空気がぴんと張りつめた。

「昨夜も言ったが、現状、私は南雲を潰す……正確にいえば南雲叡善を殺害するために動いている。それを語るには、まず奴の目的から話さねばなるまい」

一度間を置いてから甚夜はそれぞれの顔を順番に見回し、物騒なことを普段通りの静かな口調で語る。

「端的にいえば南雲叡善の目的は、南雲家の再興だ」

刀を扱う退魔であったが故に、南雲は御一新の煽りで衰退の一途を辿った。彼等は大正という時代に抵抗し、かつての権威を取り戻そうと動き出した。甚夜が南雲を潰すと決めた理由はそこにあるのだという。

「大正の世となり近代化が進むにつれ、現実的な脅威としての怪異は減少した。理由は幾つかあるが、大きなところでは街灯の整備や怪異に対する恐怖心の希薄化、銃器の発達だろうな」

明治・大正は銃器の時代である。安価で扱いやすい自動小銃、反動の少ない拳銃など、諸外国からの技術は江戸の頃から考えれば比べ物にならないほど銃器を発展させた。反対に明治の廃刀令以降は刀の需要が減り、多くの刀鍛冶は転業・廃業を余儀なくされた。そのような状況で技術が発達などするわけもなく、大正の世に至り刀剣の類は既に廃れ切っていた。

「お前自身、味わっただろう。さすがにガトリング砲は規格外だが、それでも一般の者でも鬼を殺せるだけの手段が生まれたのは事実だ」

「そら、まあな」

南雲にしろ秋津にしろ、技を身につけるには相応の修行がいる。鬼を死に至らしめるまで高めるには、才能があって練磨してようやくといったところだ。

対して銃器ならば一般人でも手軽に殺傷する手段を得られる。勿論当てることを考えれば訓練は必要だ。高位の鬼ならば人智の及ばない力を有し、銃弾が通用しない場合もあるだろう。しかし下位の鬼にとってはまぐれあたりの一発でも脅威にはなる。それを考えれば、表立って動く鬼が減少するのも納得のいく話だった。

「実際泣きたなるわ。金で買えるもんと俺の狂骨が互角なんやから」

「お前はまだましだ。鬼は勿論、多くの退魔は重火器に容易く蹂躙される。刀にこだわった南雲ならばなおさらだろう」

廃刀令で刀は価値を失い、銃器の発展で積み上げた技を貶められた。倒すべき鬼も姿を消し、南雲は衰退していった。それでも赤瀬のように時代に迎合する真似はできなかった。平安より続く退魔の名跡、その誇りがあったからだ。

「今さら、退魔以外の何者にもなれへんかったんやろな」

「ああ。故に南雲は、もう一度退魔としての己を知らしめるべく動き始めた」

貫いてきた生き方を時代に否定されるも退魔としての誇りを捨てられず、南雲は南雲であることにこだわったのだ。しかし、だとすると引っ掛かる。

「せやけど、今の話がほんまなんやったら、あんたは完全な悪もんになるなぁ。傍目には、マガツメと手ぇ組んで人間の敵になったようにしか見えへんやろ」

南雲の目的が家の再興だとしても、音頭をとっているであろう叡善は人喰い。あんな化け物が謳う再興がまともなものだとは到底思えない。だが構図だけでいえば甚夜は人に仇なそうとしている、そう見えるのも事実だ。ここをはっきりさせておかなければ、染吾郎としても立ち位置を決められない。

「なんでマガツメと組んだんや。あんたにとったら仇敵のはずやろ」

「それは、私達にとっても南雲は邪魔だからです。敵の敵は味方でしょう？」

甚夜が口を開くよりも早く、にっこりと笑って向日葵が答える。その表情に悪意はないが間違えてはいけない。彼女の瞳は紅玉、いずれ現世を滅ぼす災厄となる鬼神に連なる鬼女だ。

「退魔と鬼やしなぁ。南雲とマガツメが事を構えんのは、まあ分かる」

「ああ、いえ、そうではなくて。私達は鬼と退魔だから南雲と敵対しているのではありません。私達の敵は南雲ではなく、南雲叡善です」

確かにあれは生かしてはおけない類の存在だが、彼等が手を組むというのは大げさすぎるようにも思える。それに狙いが南雲叡善というなら、少しばかりおかしい。

「そら妙やな。人喰いの化けもんを討つ。それがあんたの目的やったら、そないおかしいとは思わへんわ。せやけどそこにマガツメが入ってくるから妙な話んなる。マガツメはどっちかいうと南雲叡善と同じ側やろ？　……鬼と退魔が同じ側、なんややこしいけど、どっちも似たようなもんやしなぁ」

性質(たち)の悪さでは人喰いの叡善を遥かに上回る。しかし向日葵は不服なのか、頬を膨らませて怒っていた。

「失礼ですね。あんな妖怪爺と一緒にしないでください」

「いや妖怪爺て」

おまえだって鬼だろうが、と言いそうになったが途中で止めた。師ならばこの鬼女の苛立ちを受け入れるだろうと思った。

「それにお母様は今回の件には関わっていません。確かに私はお母様のために動いていますが、あくまでこの協力体制は私の独断。おじさまとの個人的なものですから」

甚夜が南雲を潰そうとするのに協力して、向日葵がマガツメの命令ではなく独断で動く。彼等はそこまでしてでも南雲叡善を仕留めなければならないと考えている。となれば奴の目的は家の再興程度では済まない、もっと悪辣なものだとするのが妥当だ。

「ほんなら、そこんとこちゃんと説明してもらおか。あんたらが手を組んだ、ちゃうな、組まざるを得ない理由っちゅうやつを」

言い直したのは叡善の異常さを実際に見て知ったせいだ。人喰いは単なる特性に過ぎない。染吾郎が叡善を化け物と評した理由は人の命を喰らい、それを当然とするその精神にある。あれは自分以外の存在を路傍の石程度にしか見ていない。生かしておいては後の災いとなる、そういう類の存在だ。

「叡善の目的はあくまでも家の再興。ただ、その手段がちと問題でな」

不快そうに甚夜の顔が歪んだ。ちらりと横目で溜那の表情を盗み見ると、示し合わせたように向日葵が言葉を続ける。

「南雲の再興の要はコドクノカゴ……溜那さんです」

突然、溜那の名が話題にあがるが、当の本人は先程から一言も発さずぼんやりと視線をさ迷わせている。

「コドク……蠱毒（こどく）、確かそんな呪術あったな」

壺（つぼ）の中に大量の虫を閉じ込めて共食いさせ、最後に残った一匹を呪詛（じゅそ）の媒体とする呪術。

【五月五日に百種の虫を集め、大きなものは蛇、小さなものは虱（しらみ）と併せて器の中に置き、互いに喰らわせ、最後の一種に残ったものを留める。蛇であれば蛇蠱、虱であれば虱蠱である。これを行って人を殺す】

蠱毒とは喰らい合いの果てに生まれる純化された怨念である。

「お前の想像通り蠱毒で間違いない。同時にコドクは狐毒、狐の毒でもある」

「狐の毒……殺生石か?」

かつて玄翁という高僧が下野国那須野の原で、ある石の周囲を飛ぶ鳥が急に息絶え落ちるのを見た。不審に思っていると、ひとりの女が現れて言った。

『その石は殺生石といって、近づく生き物を殺してしまうから近寄ってはいけない』

女は由来を語る。

今は昔、鳥羽の院の時代に、玉藻前という宮廷女官がいた。才色兼備の玉藻前は鳥羽の院の寵愛を受けたが、九尾の狐であることを陰陽師の安倍泰成に見破られてしまう。彼女は正体を現して那須野の原まで逃げたが、ついに討たれることになった。そしてその魂が残って巨石に取り憑き、殺生石となったという。

動物に由来する怪異譚はいくつもあるが、狐といえば九尾の狐があげられる。九尾の狐の怨念が凝固して生まれた殺生石は、毒の怪異の中でも上位に位置する存在である。

「ああ、そうだ」

「ほんで、それがこの娘とどう関わるんや?」

染吾郎の言葉に甚夜は言い淀んだ。躊躇うように俯き、何かを逡巡している。そうしてたっぷり十秒は間を空けてから口を開いた。

「南雲叡善は、退魔の名跡としての南雲を再興しようとした。私がそれを潰そうと思ったのは、その手段が気に食わなかったからだ」

努めて冷静に振る舞おうとしているようだが、甚夜が心底嫌悪しているのが伝わってくる。

「南雲叡善は退魔の者の価値を上げるために、一番手っ取り早い方法を選んだ。人に仇なす怪異を葬る。怪異は強力であればあるほどいい。現実的な弊害となり得る魔が現れれば、それだけ退魔の価値も高まる」

「道理やな。別段いうてることは普通やと思うけど」

「ここまでで終わっていればな」

目にはあからさまな軽蔑の色がある。今度は隠さず不快そうに声を低くした。

「この方法にはいくつかの条件がある。重火器で倒せぬほど強大であり、なおかつ南雲には倒せる鬼が大量に発生すること。その鬼が人目も憚らず暴れ回り、人々に尋常でない被害を与えること。また、それらが恒常的に続くこと」

「あほか、そない都合のええ状況あり得へんやろ」

「だろうな。南雲叡善もそう考えた。だから自分で準備すると決めた」

自然すぎて聞き流しそうになった。しかし耳に入ったその言葉を理解して、染吾郎は顔を強張らせた。

「おい、ちょい待てや」

「蠱毒がどのようなものか知っているか?」

「あれやろ、共食いさせた虫をつこうた呪術やろ？　つーか、話逸らすなや」

「逸らしてはいない、むしろ核心だ」

師ならば諫(いさ)めたかもしれない。しかし染吾郎は一瞬見せた甚夜の鬼としての眼光に怯(ひる)んでしまった。

「お前の認識は正しい。だが蠱毒にはもう一つの側面がある。そもそも蠱毒を扱う者の多くは女性であり、家に代々継承されるものだ。それを継ぐ家では婚姻忌避されることも多く、和合草や和合薬と呼ばれる伝承に重なる。つまり蠱毒は高純度の呪詛であると同時に媚薬(びやく)でもある」

大量の鬼を欲する南雲叡善と、コドクノカゴと呼ばれる監禁されていた少女。嫌な取り合わせに染吾郎は鼻で嗤った。

「なんや、胸糞悪い話になりそうやな」

言いながら溜那に目をやる。長らく日の当たらない所にいたせいか、異様なほどに白い肌。髪はふくらはぎ辺りまであるが、手入れ自体はされているようだ。まだ十四歳くらいだが、すらりとした手足に丸みを帯びた肢体。幼さを残した顔立ちながら、女としては十分だといえる。だから想像も容易だった。

「この娘は媚薬としての蠱毒の加護を受けた存在。つまり、男を惑わし犯されることを約束された女だ」

甚夜の頷きに、それが想像ではないのだと思い知らされた。

「そのために胎は既に手が加えられている。人に犯されようが魔に弄られようが、子宮に宿るのは現世に仇なす鬼だ。おそらく自ら怪異を増やすよう、頭の方も造り変えるつもりだったのだろう」

「やめえ、吐き気がするわ」

聞きたくもない話に染吾郎は舌打ちをする。当の溜那は理解できていないのか大した反応も見せない。

「都合のいい鬼を産み続ける、溜那はそのためだけに育てられた。故に狐毒の籠。魔を育む揺り籠にして、毒を撒き散らす女狐」

そうして甚夜は重々しく決定的な言葉を口にする。

「有体にいえば、南雲叡善は傾国の美女——玉藻前を造り出そうとしている」

7

コドクノカゴの正体は犯されて魔を産む、人造の妖異。母という言葉を使わず籠と名付ける辺り、南雲叡善は完全に溜那を物としか見ていない。

「けったくそ悪いなぁ」

「ああ。だが幸いなのは、まだ溜那はそこまで弄られていないという点だな。本来ならば昨夜、彼女は完成するはずだった」

退魔の者やそれに類する力を持たない希美子が集められた目的こそが、コドクノカゴの完成なのだろう。どのような手段をとるつもりだったかは知らないが、下衆の所業であることは容易に想像がついた。

「蠱毒といっても人間同士で殺し合いをさせるわけではない。この娘も南雲叡善と同じ、人を喰らい命を溜め込む。集めた者達は全て溜那の餌だ。無理矢理にでも人を喰わせ、最後に夜刀守兼臣を使うことでコドクノカゴは完成する。生まれるのは人でありながら妖異を身に宿す毒婦……この娘もまた、鬼神となるのだ」

集まった視線の意図を理解できず溜那が不思議そうな顔をしていた。

鬼神の定義が「現世を滅ぼす災厄」ならば、彼女もまた鬼神と呼ぶにふさわしい。ただマガツメと違うのは、溜那は初めから倒されるための鬼神であるという点だ。男に犯されて魔を産み、人からの憎しみを一身に受けて妖刀使いの南雲に討ち取られる。だから彼女の名は溜那という。命、憎悪、魔。あらゆるものを内に溜め込む肥溜(こえだめ)のごとき女ということだ。

「ん……？」

散々語って聞かされても溜那は喋らず退屈そうにしている。意思の疎通ができないのではなく、するつもりがないのだろう。まるで自分自身に興味がないような、投げやりな表情だった。

「この娘がなぁ。あんたはそれを止めたいっちゅうことか」

「それが一つ。あとは父親に頼まれているからな、希美子の安全は確保したい。最後に、夜刀守兼臣を手に入れる。大まかにはこの三つだ」

染吾郎は喜びに頬を緩めた。

「大方は人道に沿い、あとは浮世の義理か……安心したわ。あんたは人の敵になったわけやなかった」

内容にはところどころ違和感があった。おそらく甚夜は幾つかの情報を意図的に隠している。無条件に信用できるほど染吾郎は若くなかった。それでも最低限、この男と敵対するような事態にはなるまい。秋津に騙し討ちをしかけるほど割り切れるのならば、そもそも京から去っていなかったはずだ。

「ところで、夜刀守兼臣を使うってのはどういう意味や？　あれも兼臣なら力はあるんやろ」

甚夜は一瞬間を置いてから質問に答えた。

「あれが内に宿すのは〈鬼哭〉、鬼を刀身に封ずる力だ。わずかでも斬ればそれでよし、いかな鬼でも封印できる高位の鬼封じだ」

魔を封じる器物というのは意外に多い。壷や鏡、箱に刀と様々な形で説話に登場する。しかし昨夜目にした兼臣からは、底冷えするような悪意が感じられた。

「俺はてっきり黒い瘴気を操る力なんかと」

「正確にいえばあれは封ぜられた鬼の異能だ。私自身その全貌は把握していないが、叡善はその一端を行使できるようだ」

腐っても妖刀使い、所持する妖刀もそれを操る技術も抜きん出ている。甚夜も警戒からか、珍しく剣呑(けんのん)な雰囲気だった。

「コドクノカゴは、夜刀守兼臣に封ぜられた鬼をその身に降ろすことで完成する」

蠱毒の受け皿は規格外の鬼を受け入れることで狐毒となる。そこまで行けばもはや人とは呼べず、さりとて鬼と呼ぶには規格外すぎるものが生まれるのだと甚夜は言う。

「そうして彼女は狐毒の籠、玉藻前のように国を滅ぼしうる毒婦となる」

「そんだけのもんが封じられてるっちゅうことか」

「ああ。だからこそ、兼臣を取り戻したかったのだが。……そううまくは行かんな」

どこか疲れたような、寂しそうな響きがあった。怪訝(けげん)な目を向ければ遮るように向日葵が口を開く。

「南雲叡善を止めたいのは私達も同じ。ですから私はおじさまと手を組みました」

幼い顔立ちだが表情には温度がなく、彼女の本質を否応なく理解させる。

「ほぉ。マガツメの娘がなぁ」

彼女の唐突な言葉は甚夜を気遣ってのものに思えた。だから逸らされた話に染吾郎は乗った。少しだけこの小さな鬼女を信じてもいいような気がした。

「正義や人道に興味はありません。私の目的は一つ、母を守ることですから」

「どういうことや、それ」

「そのままの意味です。秋津さんも昨夜、見ましたよね。人の命を喰らい貯蓄する力は、コドクノカゴを造る過程で得られたもの。未完成の副産物でさえもあれです。完成すれば、母に届き得るかもしれません」

マガツメと比肩する可能性のある溜那がいる以上、現状でも南雲は脅威足り得る。ここで放置しては最悪の展開が待っているかもしれない、というのが向日葵の言だ。

「それに彼は退魔としては至極まっとう、私達にとって危険な相手です」

「俺にはあれがまっとうとは思えへんなぁ」

「やり方が悪辣ということなら私も賛成しますけど。ですが理には適(かな)っています。お母様を狙うことも含めて」

もちろん鵜呑みにはしない。この娘にも企みがあるのは大前提であり、それが南雲を超える脅威となる可能性は捨てきれなかった。状況によっては南雲を放置した方がマガツメを抑えられるのも確かだ。

ふと甚夜を見れば、こちらの考えを見透かすように首を横に振った。現状を良しとはしていないが、こちらを優先する必要があると彼は判断したのだ。

「いろいろ分からんことはあるけど、まあ外枠はだいたい把握したわ」

なんにせよすべては叡善の殺害と溜那の保護に集約される。この娘が手元にいればやつらとの衝突は避けられないが、それはむしろ望むところなのだろう。

「なあ、仮の住まいでも用意しよか？　赤瀬の爺は叡善と繋がってるんやろ？」

話を聞けば聞くほど赤瀬の屋敷に留まる利点が薄まる。甚夜の性格を考えれば周囲の犠牲を嫌い、溜那と共に身を隠しそうなものだが。

「しばらくはここでも平気だろう。幸いにもあちらは無茶ができない」

「なんでそう言える？」

「南雲叡善にとっての最悪は、溜那の死だからな」

語る内容は若干以上に物騒だ。きっぱりと言い切った甚夜からは、染吾郎の記憶にある鬼を討つ剣豪よりも余裕のある印象を受けた。

「溜那は十四歳。最低でもそれくらいの年齢でなければ、コドクノカゴとしては意味がない」

ある程度齢を重ね、最低限生理が来ていないと困る。腹を幾ら弄ったとて溜那自身に子供を産む機能が備わってなければいけない。

「だから準備に十四年かかった。溜那が奪われた以上、新しい器を造ることも視野に入れているはずだ。だとしても一から造り始めては同じように長い年数がかかる」

「まあ、そうなるわな」

「ならばこそ叡善は私を追い詰める真似はできない。あれが何よりも恐れているのは、逼迫した状況下で私が苦し紛れに溜那を殺すことだ」

例えば叡善の手によって甚夜が死にかけたとする。夜刀守兼臣を奪うことも、溜那を護り切ることもできない。コドクノカゴの完成は目の前に迫り自分の命は風前の灯火。どうしようもなくなった時、彼はこう考える。

『私はもう死ぬ。だが、コドクノカゴは完成させない』

命が消える前に、最後の意地を通し溜那を殺害する。南雲叡善が恐れているのはそれだ。そうなればもう一度、初めからやり直さなければならなくなる。

「こちらを追い詰めすぎることはあるまい。私の殺害と溜那の安全、同時に確保できる状況で、可能な限り迅速に決着をつける。劣勢を作らず一手で出し抜くのが叡善の狙い。確実に勝てると思うまで奴は動かんだろう」

軽く言う甚夜に、染吾郎は嫌な想像をしてしまった。もし今語ったことが真実ならば、ほとんどの問題は溜那が死ねば解決してしまう。そして葛野甚夜という男は決して悪辣を好む性質ではないが、他に手段がなければ間違いなく彼女を殺すだろう。野茉莉を救うため東菊を斬り捨てたように、より重きのためならば大切なものさえ切り捨てる道を選んでしまえる。

「……ん？」

思わず凝視してしまい、それを疑問に思ったのか溜那は小首を傾げている。染吾郎の表情が険しくなったのは人としての良心が疼いたからだ。

「大丈夫ですよ」

外見には見合わない大人びた笑みで向日葵はこちらの懸念を見透かす。

「今殺してしまえば、南雲叡善には私達を追う理由がなくなってしまう。また別の場所で新しいコドクノカゴを造られたなら今度は止めようがありません」

「……それもそうやな」

新しい器を育てる、もしくは甚夜から溜那を奪い返す。比べれば後者の方が圧倒的に労力は少ない。だからこそ南雲叡善は奪還のために動く。しかし現状で溜那が死ねば新しい器を準備せざるを得ない。叡善としては避けたい事態だが、もしそうなればすぐさま姿を隠すだろう。わざわざ危険を冒してまで甚夜達と敵対する必要がなくなるからだ。そして今度は見つからぬよう潜伏し、襲撃を警戒して可能な限りの安全策を取るだろう。

甚夜自身も心情的には殺したくないだろうし、それを正当化する理由がある。とりあえず現状が維持されるならば危うい局面は避けられる。

「すごく不安定ですけど、今はお互いの妥協で平穏が保たれています。しばらくはこのままが続くと思いますよ」

どちらかが決定的な何かを掴むまでは、と最後に付け加える。それを聞いて染吾郎は安堵に全身から力を抜いた。

「と、いうことだ。昨夜は助かったが今のところは現状維持。お前の手を煩わせることもないだろう。一応、一つ二つ切り札はある」

難儀ではあるが勝算も十分といったところか、立ち振る舞いに気負いはなかった。

「そら助かるわ。俺も現役引退してるからな、あんまり無茶はできひん。せやけどいつまでも離れで隠しながら、っちゅうわけにもいかへんやろ」

特別な事情があるとはいえ年頃の娘だ、狭い部屋で息をひそめて暮らすのは辛いだろう。それに家内使用人として働く甚夜では四六時中一緒にいるのは難しい。その隙に誘拐されたのでは目も当てられない。

「その点は大丈夫だ。協力してくれる知人がいる」

くっ、と甚夜が小さく笑った。

「知人?」

「まだ帝都が江戸と呼ばれていた頃、深川の辺りに住んでいたことがある。その時の知人と偶然再会してな。身動きが取れない時はそいつに預ける手はずがついている」

「ああ、鬼やんな？」

頷かれて不思議な気分になった。今さらながら彼が見た目通りの年齢ではないのだと思い知らされる。

「部屋に関しては、充知に頼むか」

「希美子ちゃんの親父さん、やっけか？　つまりは赤瀬の家から離れる気はないんやな」

「今はな、元よりそういう約束だ」

口にした瞬間、表情が寛いだから詳しくは聞かなかった。大切なことなのだろうし、野茉莉と離れて過ごした日々の中で彼も温かさを得られたのだと知れて嬉しかった。

「なあ、最後にもう一つ」

染吾郎は綻んだ顔を真顔に戻して問うた。

「マガツメを、忘れたわけやないよな？」

向けられた視線の苛烈さが十分すぎる答えになった。

「忘れられるものか……！」

「いや、もうええ。変なこと聞いたな」

短いやり取りだが察した。まだ瞳は憎しみに濁っている。向日葵と共にいるのは、おそらく何らかの取引があったのだろう。

話が一段落つき、部屋の中は静まり返った。

「さっ、てと」

希美子が特別扱いされていた理由や夜刀守兼臣の詳細など、気になることはあったが最低限は聞けた。そろそろ潮時だろうと染吾郎はのっそりと椅子から腰を上げた。

「長々と説明させてもうて悪かったなぁ。一応は納得しとくわ。ま、俺もしばらくは東京におるし、手が欲しかったら呼んでくれたらええで」

「ああ、すまない」

甚夜はそう答えたものの、多分協力を仰ぐようなことはないだろう。かつて甚夜は染吾郎の手を借りてマガツメとの戦いに挑んだ。その結果を考えれば、彼が頼る姿は想像できなかった。自分のことを気遣ってくれているのだとしても、いざという時の力になってやれないというのは少しだけ辛かった。

「それでは秋津さん」

「おう、マガツメの娘」

「本当に失礼ですね。前の秋津さんはもっと優しかったです」

子供じみた態度に染吾郎はからからと笑った。今度は溜那を見て、ゆっくりとした口調で話しかける。

「ほなな、もしなんかあったら遠慮なくそこの若いおっさん頼れ。あれで結構面倒見がええし、仏頂面やけど優しいとこもあるしな」

なにせ蕎麦屋の名物となる程に子煩悩だった男だ。情が移ればこの娘も大切にするだろうと冗談めかして言った。

「……うん。じいやは、優しい」

返答は期待していなかったため、静かな笑顔にうまく反応できず一瞬止まってしまった。

初めて聞いた溜那の声は玲瓏という表現がぴったりとくる。今まで喋らなかったこともあり、かすかな反応に大げさなくらい驚いてしまう。

「希美子のが、うつったな」

困ったような甚夜の呟きに耐え切れず、染吾郎は大声で笑った。

◆

染吾郎が去って静かになった部屋で、甚夜は小さく息を吐いた。

相変わらず溜那は大人しく座っていた。話を聞いているだけでも疲れたようで、しばらくするとうつらうつら舟をこぎ始めて途中でベッドに倒れ込んだ。目を瞑って気持ちよさそうに布団へ顔を押し付ける様は年齢以上に幼く見えた。

「おじさま、よかったのですか？」

溜那の姿をすっと横目で眺め、向日葵が静かに甚夜へ向き直った。

「ちゃんと頼めば全面的に協力してくれそうでしたよ。今の秋津さんは稀代の退魔と謳われる有名人ですし、彼の助力が得られればかなり楽になったと思いますけど」

「構わん、宇津木を巻き込むつもりはない。説明したのも、首を突っ込まれてはこちらが困るからだ」

染吾郎は、平吉(へいきち)はもう自分の幸せを生きている。それを邪魔するようなことはしたくない。ある程度事情を話したことで一応は納得してくれた。藪をつついて蛇を出すような真似はしないだろう。

「それに助けならお前がいるだろう」

「ふふ、そう言われると照れますね」

嬉しそうに向日葵ははにかんでみせる。やはりマガツメに対するほどの強い憎悪は湧かない。お互いに隠し事は幾つかあり、目的に差異があるのも承知のうえだ。それでも甚夜はこの協力体制を覆す気はなかった。現状の平穏が叡善との妥協の結果ならば、向日葵との関係は打算の結果。なんとも無味乾燥だと自嘲した。

『旦那様、私を忘れずにいて欲しいものです』

不満そうに机の上に置かれた刀が喋る。甚夜の持つ夜刀守兼臣が内に宿す力は〈御影(みかげ)〉、こいつは意思を持って喋る刀である。

「勿論だ。正直、お前を使うのは心苦しくもあるが」

『お気になさらないでください。叡善様は変わってしまわれました。あるいは、それも私の罪かも知れませんが』

兼臣はかつて南雲和紗を主と仰いだ。南雲に刃を向けねばならないことに思うところはあるのだろう。

『ならばこそ、どうか私を振るってください。叡善様は……いえ、南雲叡善は斬らねばならぬ手合いとなりました。せめてその終わりを与えるのは私でありたい』

強く言い切った兼臣に迷いはなかった。ならば彼女の主として、その強さに応えなくてはいけない。

「兼臣、力を貸してくれ」

『もとより私は貴方の刀。望んでくださるのならば、いつなりと』

明治の頃、京を去ってからも兼臣とは離れずにいた。数十年連れ添った今では旦那様という呼び名にも違和感はなかった。

兼臣は南雲叡善と敵対する意思を固めたようだ。微かに室内の空気が緩む。しかし向日葵だけが戸惑ったような顔をしていた。

「その南雲叡善の件なのですが、お耳に入れたいことが」

「どうした」

「昨夜、叡善の配下であろう鬼と話しました。女中の格好をした」

叡善に従う抜け目のない女中がいたのは覚えている。戦力としては警戒するが、それほど気にかけていなかった。

「南雲が再興を望むように、彼等は鬼の復権を願って南雲に協力しているようです。私もおじさまとこうしているのですから、妥協点が見出せたなら彼等が手を結んだとしても不思議ではありません」

ですが、と向日葵は確信を持てないまま頼りなく言葉を紡ぐ。

「あの鬼、吉隠は南雲叡善よりも遥かに危険に思えるのです」

同じ頃、藤堂芳彦は今日もモギリに精を出していた。

小さなキネマ館ということを差し引いても暦座は連日盛況。やはり大衆娯楽の王様は活動写真だと働く側も気分がよかった。

「いらっしゃいませ、……って、あれ?」

十数人の客をさばいていると、最後尾に見覚えのある顔があった。とはいっても知り合いではなく、何日か前に偶然ぶつかっただけの相手だ。

「やあ。君、前にも会ったよね」

中性的な顔立ちのその人も芳彦のことを覚えていたらしく、客がはけた後ににこにこと笑顔で近付いてきた。

「この前はすみませんでした、ぶつかっちゃって」

「いいよいいよ、気にしてないって」

笑いながらそう言ってくれるから、安心してほっと息を吐いた。余裕が出てくると他事にも頭が回る。学生服を着ているのに真っ昼間から活動写真。学校を抜け出してきたのだろうか。

ただ、勿論そういった質問はしない。不思議には思うが相手はお客様、事情に首を突っ込むのは野暮というものだ。

「はいこれ、チケットね」

「あ、はい」

手早くチケットの端をちぎり、どうぞと手で示す。

「ありがと。いやあ、活動写真なんて初めて見るよ」

「あれ、そうなんですか?」

「あんまり興味なかったから。まあでも、今回は下見だからね」

恋人との逢瀬にキネマ、カフェーでコーヒーは若者の憧れの一つである。そういった客は時折いるため邪推したのだが、軽い笑みと共に一蹴される。

「色っぽい話じゃないよ、残念ながらね。実際は犯罪の下見。いや、上からは派手なことはするなって言われてるけど、やっぱりそれじゃつまらないしね」

「はい？」

「何にしようか。目の前に可愛い男の子がいるから誘拐とか？」

流し目が妙に艶(なまめ)かしい。この手のからかいには慣れていない芳彦が照れ隠しにぎこちなく笑うと、一転悪戯(いたずら)っぽく表情を崩した。

「それじゃあね。さて、楽しみだなぁ」

切り替えの早さについていけず、芳彦は無言で彼を見送る。初めての活動写真に浮かれているようで、心なしか足取りも軽やかだ。見ているとこちらも楽しい気分になる。名前も知らない性別不詳の人物の印象は、いい方向に塗り替えられた。

紫陽花の日々

1

月の光にしっとりと濡れた夜のこと、紫陽花屋敷の書斎では老人が呻いていた。

希美子の祖父、赤瀬誠一郎である。

「何故だ……」

誠一郎は南雲叡善に憧れていた。人のために鬼を討つ退魔の在り方はどうでもいい。誠一郎の興味はその能力にのみ注がれている。有体にいえば、誠一郎は尽きぬ命を持つ男に憧れていた。

金は飽きるほど稼いだし、家のことは娘婿の充知に任している。後は悦楽に興じるだけだというのに命が、時間が足りていない。若い頃はともかくとして、年老いた彼は「長く生きたい、死にたくない」、そういった俗っぽい願いを持つごく普通の老人だった。問題なのは、幸か不幸かそれを叶えられる男と繋がりを持っていたことだろう。そもそも交流は昔からあったが、叡善の異能である命の貯蓄について教えられたのは随分経ってからだ。

『この力、欲しくはないか？』

眼前で蘇生した男が語る。永遠の生はかつて多くの権力者が挑み破れていった命題だ。誠一郎は一も二もなく飛び付いた。

『ならば贄を用意せい。そうだな、もしも赤瀬の家に女子が生まれたなら大切に育てよ。それを捧げれば、力を分け与えてやらんこともない』

それが二十一年前。

前年に婚約した志乃と充知には、まだ子供がいなかった。希美子が生まれたのは叡善からの頼みを受けた五年後である。

婚約当時、志乃は十一歳だった。二人の結婚は、もともと赤瀬の家を安定させるための政略にすぎない。それなりに裕福な成金の中でも優秀な男を婿に迎えただけである。とはいえお互いに気に入ったようで、せっつく必要もなく子を成し、しかも第一子が女子ときた。

偶然が折り重なった結果ではあるが、誠一郎には永遠の命を与えるための天の采配に思えてならなかった。

孫の名は叡善に授けてもらった。

希美子。希少な贄を意味する、捧げられるための女だ。

叡善に言われた通り、誠一郎は希美子を大切に育てた。危険がないよう学校には通わせず、屋敷に囲って大事に育ててきた。どうせ二十歳にもならずに捧げられるのだからたまの娯楽ならいいだろうと、見張りをつけることを条件に屋敷を抜け出すこと自体は見逃した。

誠一郎にとって希美子は大切だが、それは物に対する感情であり単なる贈呈品でしかない。南雲の夜会へ向かった希美子は帰ってくるはずがなかったのだ。

「何故、希美子は」

予想を覆し、あの娘は無事戻ってきた。一方、南雲叡善とは六日ほど全く連絡が取れていない。現状への焦りから誠一郎の表情は厳しい。

「失礼しますよ」

乱雑に戸を開けて書斎に入って来たのは、希美子の父・充知だった。

誠一郎はもともと地位に興味がなく、結婚と同時に当主の座をこの充知に譲った。誠一郎の喜びは自らの手腕で赤瀬という家を栄えさせることである。落ちぶれていく華族が多い中、他よりも優れているという事実が彼の自尊心を満足させた。だから「永遠に死なぬ当主」と噂されて赤瀬の評判を落とすよりも、早々に表舞台から姿を消して現当主を操った方がいい。奇しくも南雲叡善がとった方法と同じ状況を求めていた。

ただ充知という男は頭がよくて能力も高く、だからこそひどく扱いづらい。もう少し早く叡善の力を知っていれば、もっと凡庸な男を選んでいただろう。

「ここには来るなと言っておいたはずだが」

誠一郎の声は冷たい。それを気にした様子もなく、笑顔で充知は話しかける。

「ええ。ですが、お義父(とう)さんのことが気になってしまいまして」

「いらん。放っておけ」

「そうは言いますがね。これでも心配しているんですよ、最近随分と苛立(いらだ)っているご様子ですから。そう、希美子が帰ってきた日くらいからでしたかね」

演技じみた振る舞いに誠一郎は視線を鋭く変えた。

「まるで、希美子が戻ってきたらいけなかったみたいじゃあないですか、お義父さん」

目線の先には嘲笑する男がいる。あからさまな挑発、つまるところこの男は喧嘩を売りに来たのだ。

「おまえ」

「どうしたのですか、そんな怖い顔をして」

苦悩の元凶を直感的に理解する。地位も志乃も与えてやったというのに自分の邪魔をする充知の傲慢さに、誠一郎は怒りを隠せなかった。

「出て行け」

「それは書斎からですか？　それとも赤瀬の家でしょうか。どちらでもいいですがね」

もうこの場にいる気はないらしく、充知は素直に背中を向けた。

「いずれここを去るのは貴方だ」

捨て台詞(ぜりふ)には明確な敵意があった。

鬼喰らいと人喰いに比べればひどく規模の小さい、しかし決して譲ることのできない戦いの一幕である。

◆

「やあ、待たせたかな」

待っていた甚夜の下に、充知が書斎から戻ってきた。

西洋風の調度品に飾り立てられた充知の部屋は薄暗く、ランプの灯だけが揺れている。備え付けの電灯はあるが今は点けていない。密談にはこちらの方がふさわしいと充知が言ったからだ。

甚夜は彼の妻である志乃と陰で噂になるくらい親しくしているが、夫から叱責を受けたことは一度もなかった。そもそも充知との方が付き合いは長いし、彼は怪しげな鬼をこれ以上ないほどに信頼してくれていた。

「今回も苦労を掛けたね」

「いや、残念ながら叡善を殺し損ねた」

「君は相変わらず物騒だなぁ」

荒事とは無縁の生まれだろうに、充知は普通なら嫌がられるような発言も軽く受け流す。むしろ面白そうに肩を震わせていた。

「希美子を囮（おとり）にしたのは引っ掛かるけれど、無事なら良しとしておこう。さて、そちらの娘が？」

「ああ、溜那だ」

あの夜会から一週間、目立たないよう離れから一度も出さなかったが、そろそろ顔合わせをさせておこうと連れてきた。ようやく対面したはいいが充知の困惑が見て取れる。この娘が魔を孕むむ毒婦となるコドクノカゴとは思えなかったようだ。

「私は赤瀬充知。一応はこの屋敷の当主になる。立場は低いけれどね」

「……ん」

相変わらず溜那はほとんど言葉を発さない。小さく頭を下げたのが彼女なりの挨拶だ。充知は居心地の悪さを誤魔化すように甚夜へ話しかける。

「取りあえず目的の半分は達したわけだ。もう一つは？」

甚夜は首を横に振って返す。当面の目的は南雲叡善の企みの打破だが、それとは別に彼は夜刀守兼臣を取り返したかった。それが単なる私情だとも自覚していた。

「ま、それは次でいいだろう。ところで、あちらの狸爺はうちの間抜け爺をどうすると思う？」

甚夜の事情を知っているため、充知は必要以上におどけて見せる。もっとも娘の希美子へ手を出そうとした相手だ。愚弄の言葉は本心だろう。

「赤瀬の爺の役割は希美子を育て上げた時点で終わっている。そもそもが永遠の命などという響きに惑わされた小物だ。切り捨てられるか、よくて叡善の餌だ」

「私もそう思う。しかし悲しいかな、それがいつかまでは読めない。それに屋敷では私よりもあちらを優先する使用人が多いし、取引先はさらにだろう。今すぐどうにかするのは難しいな」

充知は既に誠一郎を排除する方向で考えている。しかし有事の際は、家内使用人も取引先もまとめてあちらに付くだろう。この辺りの力関係は叡善とは別の悩みの種だった。

「今まではそれでもよかったけれど、希美子のことがあるからなぁ。もしもの時を考えると怖いよ」

「ならば希美子と志乃を連れてどこかに身を隠すか？」

「それができればいいのだけどね」

自分で提案したはいいが無理があるのは分かっていた。叡善は希美子にもなんらかの価値を見出している。赤瀬の家族だけで逃げれば、そこを狙われる可能性が高い。はっきりと言えば、敵に所在が知れている現状が一番安定しているのだ。

「いっそ、今のうちに赤瀬の爺を斬るか」

「止めてくれよ、それは私が困る」

現当主にとって邪魔な先代の突然の死。その裏には現当主と懇意の家内使用人の影。あまりにも分かりやす過ぎる謀殺だ。当然嫌疑の目は充知に向かう。しかも彼は一般人ではなく華族であり、新聞は大々的に報道するだろう。

「世論に押されて警察は私を捕まえる。所詮成り上がりだからね。ろくな取調べもなく有罪だ。そうなれば志乃も希美子も路頭に迷う。君が生きていた江戸の頃とは違う。殺して、はいおしまいではすまないんだよ」

殺した証拠を残さなくても、そういう構図ができ上がった時点で彼の面子は潰れる。そうなれば後の転落は想像しやすい。

甚夜は溜息を吐いた。切羽詰まるまで動けなかったのは、赤瀬の世間体のためでもある。命を懸けた戦いをしながら、他事にも気を回さねばならないのだから面倒くさい話である。

「なんとも生きにくい世になったものだ」

「こちらにしてみれば、切り捨て御免がまかり通る時代の方が不思議だけどね」

「昔もそこまで自由ではないぞ」

充知が軽く笑い声を上げ、一転真剣な表情で甚夜を見つめた。先程までのおどけた雰囲気はない。そこにいるのは夫として父として、大切なものを案じる一個の男だ。

「希美子を頼むよ。私では間抜けの目をこちらに向けるのがせいぜいだ」

「ああ。約束を違える気はない」

互いに拳を突き出し、こつんと合わせた。

随分前に交わした約束は今も甚夜を支えてくれている。それを裏切らぬよう、静かに強く前を見据えた。夜に揺れる部屋の電灯が穏やかに揺らめいて見えた。

大正時代のキネマの中でも『夏雲の唄』は特に評価が高かった。

　これは大正三年（１９１４年）に発表された短編映画で、作中で使われた同名の楽曲『夏雲の唄』は大正初期の流行歌として持て囃された。楽曲の作詞は本田風月、作曲は新田晋平。往年の歌姫である金城さおりが歌唱し、翌年の大正四年に発売されたレコードは一万六千枚を超える大ヒットとなった。

　八年経った今でも愛好するものは多い。暦座の館長もその一人で、時折思い出したように夏雲の唄を上映する。

　名作とはいえやはり八年前の作品。いま見ると技術的な点では古臭く、物語の主題も「少年少女の甘酸っぱい恋」と決して目新しいものではない。それでも王道を丁寧に描いた映像と場面場面を盛り上げる劇中曲、そして件の同名楽曲など現在でも評価の高い作品である。

「希美子さん、もう終わりましたよ」

　密談の翌日、希美子は暦座を訪れていた。

　いつものように甚夜もついてきているが、上映中は離れてもらっている。いつもは作品に集中するためだが、今は顔を合わせるのが気まずいせいだ。

　楽しみにしていた夏雲の唄をようやく鑑賞できたというのに、ほとんど頭に入らなかった。終わってからも余韻に浸るのではなく、ただぼんやりとしているだけ。白いブラウスに長いスカート、気分を変えて洋装にしてみたがあまり効果はなかった。

「どうしたんです？　久しぶりに来たのに、なんか浮かない顔ですけど」

「芳彦さん……」

二度声をかけられて、やっと希美子はそちらに向き直った。

他の客はもう退席している。誰もいなくなったことに気付きもしなかった。

「何か悩みとか？」

「いいえ、なんといいましょう」

明確な返答が見つからず口籠る。そもそも彼女は相談できるほど状況を理解していなかった。

「私にも、物語のような出来事が降り掛かりまして」

「えっ、もしかして、そういう出会いが？」

彼の言うような出会いだったならどれだけよかったか、希美子はかすかに目を伏せた。

「いいえ、違います。物語は物語なのですが、キネマのような恋というより、その、まるで男の子向けの冒険活劇のような。いえ、やはり何もなかったのでしょうか」

「はぁ？」

芳彦が困った顔で首を傾げている。希美子にしても同じような気持ちだ。

「あの、よく分からないですけど」

「私にも分かりません。爺やも、話してはくれませんから」

あの夜会から既に一週間が経ったが大きな変化はない。強いてあげれば、祖父の表情が厳しくなった程度である。相変わらず希美子は屋敷の中でほとんどの時間を過ごしている。事件に巻き込まれたはずなのに平穏が続いており、それが逆に息苦しかった。

「爺やさん、ですか？」

「はい。おそらく現状を一番知っているのは爺やだと思います」

「なんだ、それならちゃんと聞けばいいじゃないですか」

無駄に悩んでいるよりも近しい人に確認した方が手っ取り早い。普通に考えれば芳彦の意見は正しい。

「そう、ですね」

けれど希美子にはそれが難しかった。

笑顔で返したつもりだったが、うまく作れずぎこちない表情になってしまった。

「ですが聞いても答えてはくれません」

「なんでです？」

「爺やはいつだって私には隠し事をしますから。お嬢様は知らなくていいことです、と」

甚夜は知らせない方が希美子のためだと判断したのだ。それを理解しているのに卑屈な言い方になってしまった。秋津染吾郎や溜那と呼ばれた娘は、当たり前のように事情を説明されている。付き合いはこちらの方が長いのに軽んじられているような気がしていじけているのだ。

「それなら聞いてもいい部分だけ話してもらえばいいじゃないですか」

芳彦が軽い調子でそう言った。突飛な内容でもないのに彼の言葉が意外で、希美子は思わず呆けたように小さく口を開けた。

「あの、どうして」

「どうしてって、今までの話を聞いてたら爺やさんは希美子さんを大事にしてるみたいですし。なら教えてくれますよ」

勿論(もちろん)それは彼が何も知らないからこその言葉である。あの夜会で起こった物騒な出来事を知ればまた変わるに違いない。しかしその気楽さは、今の希美子にとってはとてもありがたいものだった。

「そう、でしょうか」

「だって希美子さんのことが嫌いで隠してるわけじゃないでしょ?」

「それは、そう。それだけは間違いありません」

甚夜はいつも仏頂面だが、時折ひどく優しい顔を見せてくれる。手のかかる孫娘くらいには思われているかもしれないが、嫌われていると感じたことは一度もない。

「教えてくれなくても、憎しじゃないんですから。後は希美子さんがどう思うかってだけだと思いますよ」

余計な事情を投げ捨てれば、悩む必要もなかったんだと今さら気付く。当たり前の帰結が気落ちしていた希美子には天啓のように聞こえた。

「芳彦さん、ありがとうございます。そろそろ帰りますね」

先程までとは打って変わって体には活力が戻っている。陰鬱だった気分が嘘のように晴れやかになっていた。

「はい、また来てくださいね」

「ええ。今度は芳彦さんを家に招待しますね」

「いや、それは駄目でしょう」

芳彦の頑(かたく)なな返答に少し不満を感じる。ただその指摘は正しく、そもそも赤瀬の家に招いても彼のためにはならない。それが申しわけない以上に、奇妙なくらい寂しいと感じられた。

過(よぎ)った感情を忘れて希美子はすぐに劇場を出た。外では甚夜が待っている。彼がいつも外出に付き合ってくれたのは護衛のためでもあったのだろう。思い返せば、今まで距離が離れていてもこちらの状況を把握していることが多かった。

「爺や、屋敷に戻ったら話があります」

「分かりました、お嬢様」

落ち着いた態度からは彼の内心を窺い知ることはできない。しかしそれを測ろうとする前に、まずはこちらが心の内を伝えるべきだった。

屋敷に帰ると、促されるままに離れへと向かった。

使用人の部屋には普段あまり近寄らないので少し緊張してしまう。甚夜の部屋に案内されたが中に溜那の姿はない。理由を聞くと「知人に預けています」とだけ返ってきた。正直なところ彼女がいないのは幸いだった。

「あの夜会について。いえ、南雲について爺やの知っていることを教えてもらえないでしょうか」

適当な椅子に腰を下ろして甚夜と向かい合う。よくよく考えればこうした機会は今までほとんどなかった。

「私にも聞く権利はあるはずでしょう？　私が知らなくてもいいところは省いても構いません。その判断は爺やに任せますから」

話せないというのなら引き下がる。染吾郎や溜那に対して嫉妬めいた感情はあるが、甚夜が聞かせたくないと思ったのならそれも仕方がないだろう。ぐっと表情を引き締めて、どのような返答であっても取り乱さないよう覚悟を決める。

「分かりました」

だから逆に、迷うことなく即答されて希美子はたじろいだ。

「よいのですか？」

恐る恐る聞き返すも甚夜は特に表情を変えなかった。

「本来なら私から切り出すはずでした。お嬢様に関わることであるのは事実。こちらとしても多少は現状を把握していただいた方がありがたいので」

そもそも最初から隠すつもりはなかったらしい。染吾郎に説明する際に呼ばなかったのは、偏に希美子や溜那への配慮だという。

「溜那には公言すべきではない事情があります。叡善の企みを語るうえでそれは避けられないため、お嬢様への説明を後回しにしてしまいました。申しわけありません」

「い、いいえ！　私こそ素直に聞きに来ていればよかったのです」

見当外れのことで延々と悩んでいたのだと知り、途端に恥ずかしくなった。取り繕って澄ました顔を見せても動揺は見透かされているに違いない。

「で、では教えていただけますか？」

強引に話を進めると甚夜は居住まいを直した。その変化に希美子も気を引き締める。

「ええ。ですがその前に、まず知っておいてもらわなければならないことが一つ」

「なんでしょう」

前置きをして、一呼吸とってから重々しく甚夜は言った。

「私は今年で百歳になります」

どう考えても冗談としか思えない内容に、希美子が呆気にとられたのは言うまでもない。

2

井槌は鬼である。

鬼の両親から生まれて鬼として育った。嘘を吐かず己がために生き、酒を愛して暴力を手段とし強者を尊ぶ。彼はそういう鬼らしい鬼だ。武技を嗜み体躯にも恵まれ、平安の頃ならば絵巻物に記される有名な鬼となれたかもしれない。

ただ、生まれた時代が悪かった。井槌が生まれたのは明治の中頃。警官隊は拳銃で武装する時代で、近代化によってあやかしへの恐怖はすっかり薄れた後だった。

源頼光、多田満頼、渡辺綱。鬼を退治した逸話を持つ武将は礼賛される。古き時代、鬼はそれだけ強大だったからだ。しかし明治以降、鬼退治で有名になった者は少ない。銃器が知れ渡ると共に刀の価値は薄れ、同時に銃器で倒せてしまう鬼も脅威ではなくなった。剣の時代の終わりと共に、鬼もまた終わりを迎えたのだ。

詰まるところ井槌は、生まれたその時から自身になんの価値も見出せなかった。いくら人より強くとも百の銃器に勝つことはできない。百年の歳月を経ていない彼には条理を覆す異能もなかった。大正の時代において井槌は惰弱な存在でしかなく、しかし鬼であるが故にそれが許せなかった。

今の世の中をぶっ壊したい——井槌の戦う理由は実に単純だ。文明の崩壊を望んでいるわけではない。近代化に生活様式の変化、新しい娯楽も大いに結構。国が豊かになるのは良いことだ。ただ、その中で鬼は変わらず脅威でありたい。

退魔に負けるのは構わない、奴らは鬼を討つためにその生涯を捧げた者なのだから。しかし銃器を持っただけの人に敗北し、一般の者にさえ嘲笑われる。そんな構図を作った大正という時代は認められない。ただの人にすら負けるあやかしにどれほどの価値があるのか。

鬼が鬼であるための方法を彼は模索し、辿り着いた南雲叡善という可能性に賭けた。

あの爺が目指すコドクノカゴ、現世を滅ぼしかねない災厄とやらは望んだ鬼の在り方に近かった。願ったのは人が人として、鬼が鬼として生きられる場所だ。そのためならば退魔と肩を並べ、鬼の存在を貶めた重火器だって使う。年端もいかぬ少女が毒婦へと変えられることにも目を瞑り、気色の悪い爺にもこうべを垂れる。

かつて確かにあった景色——人が鬼を恐れ神を敬う、当たり前の形を取り戻したかった。

「だったのに、なぁんか、妙なことになってんなぁ」

南雲の本家を放棄した彼らは、東京郊外にある叡善の私邸に移っていた。私邸は南雲の本家よりは小さいが、それでも結構な規模の和風邸宅である。井槌も言われるがまま付き従ったのだがどうにも現状の方に付いていけず、ぼやきながら縁側で昼間から酒を呷っていた。

「どうしたの井槌？　なんか憂鬱そうだけど」

「いや、面倒くせえことになってるなと思ってよ」

性別不詳の鬼、吉隠がいつの間にかやってきた。こちらに確認を取ることなく隣に座り込み、勝手に井槌の酒を手酌で旨そうに呑み始める。

独り酒にも飽きたし別に構わないのだが、相変わらずの傍若無人さに呆れてしまう。

「別に単純だと思うけど。叡善さんと鬼喰らいの鬼が敵対してて、叡善さんにはぼくらが、鬼喰らいにはマガツメの娘が味方してる。それだけの話でしょ？」

「そういうことじゃなくてだな。なんつーか、この争いに関わってる奴ら、皆が皆、本音を言ってねえような気がすんだ。ああ、やだやだ陰湿で」

井槌は年若くとも感性は古い鬼に近い。だから南雲叡善のことを案外認めていた。

あの男は下衆（げす）だが純粋だ。人を喰らって踏み躙（にじ）ってでも目的を為そうとしている。南雲の再興のために他の全てを犠牲にしようとする彼の在り方は、悪辣ではあるが決して嫌いではなかった。鬼喰らいの鬼に関してもそれなりには評価している。あれは古い時代の鬼。技と力であぁも立ち回る。正直、あれだけの強さがあったらと憧れに似た感情を抱いた。

ただ、南雲の再興を謳う叡善に南雲を潰すと言った鬼喰らい。どちらにも嘘はないが、本音は別のところにあるように感じられた。

「いや、そいつは俺も同じか……」

現状の打破に叡善を利用すると決めた時点で同類、そこに気付き井槌は眉をひそめた。

弱いというのは惨めだ。もし現状を打破できるほどの力があったなら、誰かに縋るような真似をせずに済んだし、ガトリング砲に頼る必要もなかった。

自身の手をじっと見て、その頼りなさに舌打ちをする。無駄に大きな手が忌々しく思えた。

「うーん、よく分かんないけど。そりゃ叡善さんも鬼喰らいも目的があるんだから、そのためには頭も使うって。狙いを隠すのも当たり前でしょ？　彼等が陰湿なんじゃなくて、君が考えなしなだけだと思うよ」

けらけらと笑う吉隠の態度はどこか空々しい。なんとなく一緒にいることは多いが、付き合いは浅く叡善の下に付いたことで知り合った仲だ。特に友人関係というわけではない。コドクノカゴの完成という目的のために動く同志ではあるのだが、この鬼にもまた得体の知れないところがあった。

「鬼が賢しくてどうすんだ。気に入らないことがあったら叩き潰して、力が及ばないならそこで死ぬ。鬼として生まれたんなら、そうありてえじゃねえか」

「あはは、井槌は単純でいいね」

「それ、褒めてねぇだろ」

半目で睨みつけても吉隠は平然と酒を呑んでいる。中性的で線が細いのに、ふてぶてしいことこのうえない。溜息を吐いて盃を空けると、横目に影が映った。

「おう、偽久か」

近付いてきた男も一応同僚ということになるのだろう。叡善の下には四匹の鬼がいた。井槌と吉隠、そしてこの偽久もまた彼に与する鬼だ。井槌よりも遥かに歳月を重ねた高位の鬼である。

「井槌。酒があんなら俺にもくれよぉ」

人の姿をしている時の偽久は、和装をだらしなく着崩している。吉隠よりも背が低いが、細身ながらも筋肉質。服装だけ見れば文士崩れといった印象だが目は異常にぎらついていて、体躯と共に苛立ったような表情も相まってひどく物騒な空気をまとっていた。

「ほれ」

「わりぃなぁ。ったく、あの爺もしばらく動く気はねぇみてえだしよぉ。暇で暇で仕方がねえんだ」

盃ではなく徳利の方を差し出せば、偽久はそのまま口をつけて一気に呑み干した。

随分と鬱憤が溜まっているらしい。吐き捨てるような言葉には苛立ちが含まれていた。

しかし叡善が慎重になるのも仕方ないとは思う。鬼喰らいの鬼にああまでやられたのだ。再び命を貯蓄し、鬼喰らいを確実に殺す算段がつくまでは動かないだろう。事実、井槌たちもしばらく派手な動きはするなと命じられていた。

「叡善さんにも考えがあるんだよ。まあ馬鹿な君じゃ分からないだろうけど」

「あ？　人は殺したくないとかふざけたことをぬかす軟弱者は黙ってろや」

「え？　何か言った？　ごめんね、君の背が低すぎて声が耳まで届かなかったや」

吉隠の挑発じみた態度に、偽久が殺気を隠さず睨み付ける。

井槌は幾度となく繰り返されたこの光景に再び溜息を吐いた。

この二匹はひどく相性が悪いらしく、顔を合わせる度に憎まれ口を叩いている。個々に接する時はさほど問題ないのだが、一緒になると面倒を起こしてばかりだった。

「いや、だからお前ら少しは落ち着けや」

ずいと井槌が立ち上がり間に立ってなだめると、両者同時に舌打ちをした。

「だがよ、井槌」

「だけどさ井槌」

こういう時ばかり無駄に息が合うのは、調停役を押し付けられている身としては腹立たしい。

「互いに不満はあるだろうが、今は止めとけ。お前らも目指すもんがあるからここにいるんだろう？　なら内輪揉めはなしにしようや」

真面目に説き伏せようとしても聞くわけがない。多少演技じみてはいるが、こうして勢いに任せて誤魔化すのが一番手っ取り早い。

井槌の振る舞いに偽久は毒気を抜かれたのか、乱暴に徳利を返して背を向けた。

「気に食わねえが、お前に免じてこの場は退いといてやらあ」

吉隠との相性は悪いが井槌とはそうでもなかった。偽久もまた井槌と同じような考えで叡善の下についているからだ。友人でもなければ仲間意識も薄いが、互いにある程度信用はあるため今回は素直に引き下がってくれた。

「すまねえな」

「なぁに、どうせ出かけるところだ。鬼喰らいとやらの顔も見ておきたかったしなぁ」

「おい、そりゃどういう意味だ」

何やら気になる言葉を残すと、偽久は吉隠の方には一瞥(いちべつ)もくれず歩き始める。そして前方の空間がぐにゃりと歪んだかと思えば、次の瞬間には消え去っていた。

偽久は百年を生きた高位の鬼。つまり、あれが彼の持つ力である。

「なんだありゃ、瞬間移動か？　いや、周りが歪んでたしもっと別の力か。どっちにしろ羨ましいねぇ」

井槌は未だ力に目覚めていない下位の鬼、異能を行使できる偽久が羨ましかった。

完全に消え去った後、吉隠が鼻を鳴らして子供のようにぼやく。

「あいつ嫌いだな」

「あのな、お前はもちっとは」

「はいはい。そろそろぼくも行くね」

井槌の言葉を適当に聞き流し、吉隠もまた平然と去っていく。

「ってお前はどこに」

「ちょっとキネマ館まで。面白そうな子みつけちゃってさ」

「待て。叡善の爺様から派手な真似はするなって」

「じゃあね」

制止の言葉も意味をなさない。軽く手を振って、けらけら笑いながら吉隠も去って行った。

偽久の方が乱暴ではあるが、性質の悪さではこいつの方が上かも知れない。吉隠が何をしでかそうとしているのか井槌には想像もつかなかった。

「胃が痛ぇ……」

腹を押さえながらぽつりと呟く。

せっかくの酒だったが、どうやらこれ以上は呑めそうになかった。

「私は今年で百歳になります」

そう前置きをしてから甚夜が語ったのは、希美子には信じがたい内容だった。

南雲叡善の目的や溜那の正体、彼等がいかなる存在であるか。その説明の中で、今まで知る機会のなかった彼の過去にも少しだけ触れた。

「もともと私は充知様に拾われたあやかし。まだ帝都が江戸と呼ばれていた頃に生まれた、古い鬼です」

「鬼……」

「もう少し分かり易い姿にもなれます。もしも信じられないのならばお見せしますが」

希美子はゆっくりと首を横に振った。

「嘘だとは思いません。爺やは隠し事はしても、私を騙したことは一度もないのですから」

正体が鬼だったとしても恐れや嫌悪はない。驚きはあったが同時に納得もした。

もともと甚夜は使用人の中でも奇妙な存在だった。母の世話役であったはずなのに不自然なくらい若すぎる。それなのに他の使用人は誰も気にしていない。おそらく彼の事情は公然の秘密だったのだろう。

「あの、爺や」

「なんでしょうか」

「これは、鶴の恩返しのような話ではありませんよね？」

説話において正体を明かしたあやかしは姿を消すのが常である。しかし杞憂だったらしく、甚夜が落とすように笑った。

「今のところはここを離れる気はありません。充知様よりお嬢様を守れと仰せつかっておりますので」

それを聞いて安堵はしたものの、命令が理由というのは引っかかった。そもそも甚夜は「雇い主は志乃だから」「充知の頼みだから」と両親に重きを置きすぎている。

「そこはお嬢様をお守りするため、くらいは言ってもよいと思うのですが」

頬を膨らませて怒って見せれば軽い謝罪が返ってきた。その気安さに機嫌を直し、改めて話を続ける。

「そのような命令をするということは、お父様も?」

「はい。おおよその事情は理解しておられます」

次いで語られた内容に、希美子は肩をわずかに震わせる。

「南雲叡善の目的は正直なところ私にも読み切れていません。ですが、間違いなくお嬢様も狙いの一つです」

「では、あの夜会は」

「貴女を呼び出すための方便です。勿論、他の理由もあったのでしょうが」

物心ついた頃から祖父には愛情の欠片(かけら)さえ与えてはもらえなかった。今さら誠一郎がなにをしようと失望もしない。それよりも叡善に騙されていたという事実の方がよほど重かった。会うたびに怪我はないか息災かと聞いていたのは、単に利用する対象として見ていたから。つまり、あの優しさは虚構に過ぎなかったのだ。

信じたくないと思う反面、地下に溜那が閉じ込められていたことを考えれば、その目論見(もくろみ)の悪質さは容易に想像できた。

「お嬢様」

「すみません。よく分からなくて、自分でもうまく言えないのです」

「混乱するのは当然でしょう。申しわけありません、性急過ぎました」

「いえ、爺やが私の身を案じてくれているのは分かっています。分かっては、いるのです」

叡善の企みが悪しきものだというのなら、希美子自身にも心構えが必要になる。飲み込まなくてはいけないと十分に理解していた。それでもどこか割り切れず、小さなわだかまりが残ってはいた。

「大丈夫です。少し驚いただけですから」

叡善を擁護するような言葉は甚夜を貶めることになる。それはあまりに不義理だと思い、無理に微笑んでみせた。

「分かりました。では、今から出かけましょう」

希美子のことをしばらく眺めていた甚夜が、脈絡もなく言い出す。唐突な提案に、希美子は思わず間抜けな声を上げることになった。

こうして希美子は、珍しく甚夜の主導で屋敷を抜け出した。

途中で人力車を拾って向かった先は銀座だった。向かう途中で拾ってきた溜那が、感情の色が薄い目で街並みを眺めている。しばらく三人連れだって歩いた後、しゃれたカフェーに腰を落ち着けてコーヒーを楽しむことにした。現状にはそぐわない穏やかな午後の時間だった。

「爺や。私は嬉しいのですが、よいのでしょうか」

せっかくの外出も危機感をあおられたせいで素直に楽しめない。かたんと背後で小さな音が鳴るだけで大げさに振り向いてしまう。

「散々抜け出しているのです、今さらでしょう」

「そちらもですが、その」

ちらりと溜那に視線を向ける。ふくらはぎまである長い黒髪を結わった姿は、必要以上によく目立った。

「……ぅ…」

当の溜那はコーヒーの苦みに顔を顰めていた。

この娘は希美子以上に危うい立ち位置にいる。叡善からすればこの状況は絶好の機会ではないだろうか。

「この娘にも気晴らしは必要でしょう」

甚夜に気負った様子はなく、ゆったりとカップを傾けている。矢面に立って戦うはずの彼が誰よりもくつろいでいた。

「苦いならミルクを入れよう」

「……ん……」

礼儀作法を身につけていないらしく、溜那の手つきはたどたどしい。代わりに甚夜が甲斐甲斐しく世話を焼いていた。

微笑ましい光景なのだが、どうしても不安が先に来てしまう。それを見透かしたように、甚夜がこちらをまっすぐ見た。

「緊張も警戒も長くは続きません。企みがどうであれ、まずは心の安寧を優先すべきです」

希美子は何も言えなくなった。襲撃の可能性を踏まえて、希美子の焦りも把握したうえでの気遣いだったのだ。それを知ると一人で悩み続けるのが無意味に思えてくる。

「煮えた頭で考えごともないでしょう。今は落ち着いてコーヒーを飲むのが最善かと」

くつろいだ態度も安心させるための演技なのだろう。嬉しく思う反面、軽くあしらわれていることには多少の不満もあった。

「爺やはずるいです」

「ずるいとは？」

「私を見透かし過ぎています。それも長く生きているからですか？」

「まさか。たかだか百年生きた程度で人の心を測れるなら、現世はもう少し生き易いでしょう。ただ、私はお嬢様を生まれた時から知っていますので。長く生きたからではなく、短い時間を共に過ごしたからだと思っていただければ幸いです」

鬼の寿命から考えれば、希美子が生まれてからの十六年など瞬きに過ぎない。それでも共に過ごした時間があるなら、心など読めなくても機微くらいは悟れるようになると彼は言う。

持って回った言い回しがうまく飲み込めず希美子は首を傾げた。

「ええっと、つまり」

「心なんぞ分からなくとも、親しい人が憂鬱そうにしていれば元気づけたくなるという話です」

「ああ、それなら分かります！　……ですが恥ずかしいですね」

噛み砕いた物言いに希美子は少しだけ照れた。厳しいようで甘い、昔から知っている優しさに思わず微笑みがこぼれる。

「爺や、ありがとうございます」

お礼はなるべく簡素に。余計なもので飾り立てると言葉は濁ってしまうと、以前甚夜が教えてくれた。おかげで感謝の気持ちはちゃんと伝わったらしい。返ってきた笑みはとても穏やかだった。

「少しでも安らげたのならば何よりです」

「はい……ですが、やはり不安はありますね」

戸惑いがまだ残っていたため、叡善の名を口にできなかった。

「現状動く気はないでしょう」

「それは、どうして？」

「叡善は先の一戦で私にやられています。決め手を見つけるまでは、こちらに干渉してこないかと」

「よく分からないですが、しばらくは安全と考えてもよいのですか？」

「ええ。そもそも叡善にお嬢様を殺害する意図はありません。あくまでも今のところはですが」

甚夜の性格を考えれば、なんらかの対策を打ってくれているのだろう。

「そう、ですか。大丈夫だというのなら、楽しまなければいけませんね」

そこまで聞いて希美子はようやく肩の力を抜いた。やはり慣れない状況が負担になっていたのか、呼吸まで楽になったように感じられる。

「カフェーでコーヒーを飲みながら午後の時間を過ごす……すごいです、爺や。まるでキネマの一場面ですね」

緩やかな吐息と共に笑顔が漏れた。

「喜んでいただけて何よりです。相手役が私ではいささか盛り上がりには欠けるでしょうが」

「そういったものは、またの機会にさせていただきます」

甚夜は生まれた時から自分の世話をしてくれている。好意はあっても恋慕には程遠く、やはり恋人よりは祖父と孫娘くらいがしっくりくる。希美子は先ほどまでの憂鬱を忘れて、しばらくの間休息を楽しんだ。

希美子の安らいだ微笑みに甚夜は安堵した。
もともと好奇心が強く新しい文化に興味を持っていたから、カフェーを選択したのは間違いで

はなかったようだ。荒事とは縁がなかっただけに、この状況が続くのは好ましくない。早い段階で心の負担を軽減してやりたかった。

雑談の途中、隣に座る溜那が袖を引っ張る。希美子とばかり話をしていたせいだろう。コーヒーも飲み終えて手持ち無沙汰になったらしく目で訴えかけている。

「ああ、すまない。そろそろ行くか」

「……ん」

無表情のまま、相変わらず溜那は喋らない。

随分と居座ってしまったし、希美子を促して席を立つ。会計を済ませようと甚夜が一歩を踏み出した瞬間、眼前がわずかに歪んだ。

「……っ⁉」

希美子には伝えなかったが襲撃はある程度予測していた。しかし、こんな形でくるとは想像していなかった。

空気が捻じ曲がって渦となり、そこから何者かの腕だけが現れる。鋭利な爪に発達した筋肉、青銅を思わせるくすんだ皮膚。腕を見るだけでそれが異形のものだと分かった。

その腕が甚夜の首を捻じ切ろうと、明確な意思を持って伸ばされた。

3

何があっても護り切れると自惚れていたわけではない。それでも甚夜が二人の娘を連れだしたのは、彼女達への気遣いではあったが他の思惑もあった。

有体に言えば、南雲叡善の出方を知りたかった。例えば希美子と溜那を外に連れ出した時、周りの人間を巻き込んでまで襲ってくるのか。それとも余計な被害を出さないよう状況が変わるのを待つのか、あるいは甚夜達だけを狙えるような策を打ってくるのか。

接触の仕方によって叡善達の態度や方針がある程度透けて見える。何もしてこなければよし。逆に人目に付くところでも動きを見せるのならば、「叡善が現状でどの程度までなら強硬な手段をとるか」を知るための試金石になる。とはいえ目算では九割方動かないと踏んでいた。ここで襲撃があるのなら、それは叡善の思惑からは外れたものだ。

異形の腕が甚夜の首をへし折ろうと伸びた。

もしも叡善の指示ならば井槌も来る。ガトリング砲で周囲の人間を巻き込めば甚夜の動きを制限できるからだ。つまりこれは配下の鬼の暴走。そこまでは読めていたが、攻め手が予想外だった。鬼の姿はなく、腕だけが空中から生えているのだ。

表情は崩さない。動揺を外に出せば付け入る隙となるし、驚いていちいち動きを止めてやるほど親切でもなかった。

左腕を滑らせ、異形の腕の内側に流れを殺さず丁寧に捌く。いや、捌いたと思った。腕が触れていたのは一秒にも満たないわずかな時間、刹那の内に感触は掻き消えていた。

「がっ……!?」

たっぷり三十秒近く間を空けて、背後に痛みが走った。

体勢を崩しかけるもどうにか踏み止まって振り返る。そこには誰もいないが、受けたのは殴打による物理的な衝撃だった。おそらく先程の腕に殴られたのだろう。

空中に腕を造り出して操る〈地縛〉に近い力。あるいは腕から先だけ、体の一部分のみの空間移動か。どのような異能かはまだ判別がつかないが、次の一手を警戒する。

「爺や、どうかしましたか？」

咄嗟に構えた甚夜を、希美子も溜那も不思議そうに見つめている。

白昼堂々、衆人環視のなか襲い掛かってくるのは可能性として考えていたが、それを誰にも気付かれずに行うとは思っていなかった。腕が現れていた時間は本当にわずか。立ち上がる瞬間、希美子達には見えない位置から甚夜の首を狙った。そのおかげで攻撃は正面からとなったので対応できた。しかしこの力を制限なく使えるのであれば、厄介であることには変わらない。

「大丈夫ですか？　体調が悪いようならもう少し休んでからでも」

「ありがとうございます。ですが、少し足を滑らせかけただけですので」

店内の客がざわついている。鬼の腕を見たものも中にはいるようだ。

これ以上騒ぎになられても困る。希美子の気遣いは嬉しいが、余計な心配はかけないように平然と振る舞うことにする。

二人の少女の周囲に気を配りながら手早く会計を済ませた。同時に右の掌を口元まで運び、歯で皮膚を食い破る。ぐっと強く握れば拳の中には血が溜まる。

この襲撃で叡善がしばらく動かないこと、配下の鬼達は服従しているわけではないこと、また鬼達も基本的に希美子と溜那を殺すつもりはないことなど、様々な推測に確信が持てた。とはいえせっかくの気分転換だ。最後の最後にけちをつけられるのもつまらない。誰にも気付かれない襲撃はこちらとしても好都合。敵の流儀に倣い、誰にも気付かれないまま相手取るとしよう。

「では、行きましょうか。お嬢様、溜那をお願いしてよろしいですか」

「私が、ですか？」

「はい。やはり同年代との交流も必要かと」

「交流もなにも、いまだに口すら聞いてもらえていないのですが」

少しだけむくれる希美子をなだめ、先に店から出るよう促す。

「溜那も」

「……ん」

溜那は喋りこそしないが指示には従ってくれる。その素直さも長い牢獄での暮らしが育んだものだと思えば少し悲しくなった。

最後尾に立ってわざわざ狙いやすい状況を作り、挑発するように緩慢な動作で進む。

偶然かこちらの意を汲んだのか。何かが反響するような、捻じ曲がるような形容しがたい音に知る。異形の腕が再び甚夜に襲い掛かった。

「おい、待てって言ってるだろうが」

さっさと進んでいく吉隠の肩を掴み、井槌は無理矢理振り向かせた。

「あれ、付いてきたの？」

吉隠は意に介さずといった様子だ。偽久も大概だが、こいつは輪をかけて自由過ぎる。もう少し大人しくしていて欲しいものである。

「当たり前だ。お前が妙なことしないか見張りだよ」

「信用ないなぁ」

むしろあると思っているのか、懇々二時間は問い詰めたい。もっとも、そうしたところで吉隠は悪びれず笑うのだろうが。

「というか、なんでぼくの方を？　偽久は鬼喰らいに会いに行くって言ってたんだし、止めるならそっちじゃない？」

「あいつは、追えねえからなぁ」

あれは瞬間移動めいた力を持っている。井槌にできることといえばせいぜい問題を起こさないよう祈るくらいだった。

「変なことしてなきゃいいんだけどよ」

「ま、大丈夫でしょ。あいつは嫌いだけどさ、井槌より頭は回るしね。多分、今頃鬼喰らいは溜那ちゃんたちとお出かけでもしてるから、せいぜい挨拶してくる程度だと思うけど」

吉隠の言葉は何気なく、それこそ雑談程度の軽さだった。あまりに軽すぎて聞き流しそうになったが、一拍置くと疑問が湧いてくる。

「そらどういうこった。なんでそんなことが分かる」

「普通に考えれば分かるよ。現状叡善さんは動かない。だってあれだけ見事にやられたからね、勝てるくらいまで命を溜め込むのが最優先。しばらく人の命を喰うことに専念すると思うよ。とすると下手に叡善さんを追うより、不自然に人が失踪する事件を片っ端から当たる方が手っ取り早いと思わない？」

だから定期的に外に出て、噂やら怪異の事件の情報を集めている。現状後手に回らざるを得ない鬼喰らいが唯一取れる方策は、叡善が関与していると思われる事件に首を突っ込むくらいしかないのだ。

「そんでお出かけか？　ならあの娘っ子と一緒ってのは」

「もしかしたら叡善さんが襲ってくるかもしれないからね。だったら一緒にいた方が安心だろうし」

話しながらも吉隠は歩みを止めない。それについて行く井槌は、何ともいえない心地で町並みを眺めていた。

江戸の名残が色濃い和風の建築と近代的なビルヂングが混ざり合った町並みは、綺麗でもどこか違和感を覚える。そこを歩く洋装の鬼というのもまた奇妙だ。吉隠は大正という時代を是としておらず、含むところがあるからこそ叡善についた。その割にモダンな洋服には興味があるらしく、見る度に違う格好をしている。今日はシャツにネクタイ、ロイド眼鏡。モボ(モダン・ボーイ)を気取って随分とご機嫌だ。

「あ? お前が爺様は動かないって言ったんだろうが」

「鬼喰らいからすれば、そこまでの確信は持てないさ。だからこそ自分を囮にしてでもこちらの出方を見ようとする。あれは赤瀬に肩入れしすぎているし、襲ってきてくれるなら万々歳ってなものだろうね」

何が面白いのか吉隠は足取りまで軽やかだ。どこか嘘っぽい表情を浮かべながら流れるように語り続ける。

「今ごろ銀ブラでもしてるんじゃない? 気分転換をしつつ噂を集めて叡善さんの出方も見れる。こっちは溜那ちゃん達を殺せないからね、攫われる危険はあっても命を狙われるのは自分だけ。

鬼喰らいにとっては最高の状況だろ」

普段は万事適当にしか見えない吉隠が、ここまで状況を把握している。まるで狐につままれたような気分だった。

「いや、お前、色々考えてるんだな」

「井槌に馬鹿扱いされるとか、さすがのぼくも傷付くなぁ。一応言っておくけど、偽久だってこれくらいは読んでるからね」

だとすると現状の理解ができていないのは井槌だけということになる。これでは馬鹿呼ばわりも仕方ない。

「あいつは鬼喰らいがどの程度できるか確かめに行っただけ。一当てか二当てして深追いせずに帰ってくるんじゃない？　馬鹿だよね。適当な雑魚の鬼当てとくか、井槌をそそのかして戦わせるかすれば自分の力を晒さずに相手の力量計れるのにさ」

「ちょっと待てや」

最後の最後にこちらを下げてくる辺り、こいつは本当に性格が悪い。そう思いながらも井槌は息を吐く。若干引っかかるところはあったが偽久も無茶をやらかすつもりではないようだし、取りあえずは安心といったところだ。

「まあ、なんだ。とにかく、あいつも馬鹿な真似はしねえってことか」

「まあね。不愉快な奴だけど、そこらへん頭は回るよ。できれば鬼喰らいにやられて欲しいけど」

「仲良くしろとは言わねえが、喧嘩はすんなよ。んで、お前の見立てだとどんなもんだ？　鬼喰らいの実力の程は」

「ぼくはあの夜ちょっとしか見てないからなぁ。でも」

そこで吉隠は、いっそ晴れやかなくらいの笑顔で言った。

「偽久の面白い顔が見られる程度には、できると思うよ」

意識を外へ、薄く薄く刃物のように研ぎ澄ます。

腰に刀はない。明治の初期はまだ武士崩れが刀を帯びていたが、明治中期になるとそれもできなくなった。赤瀬の家内使用人として充知や志乃に迷惑をかけるわけにもいかず、甚夜は人目のある場所では帯刀していない。だが散々刀にこだわった身では、今さら銃を隠し持つ気にもなれなかった。

だからといって、武器がないわけではない。

「溜那さん。行きましょうか」

「……ん」

こくんと頷く溜那に、少しだけ表情を柔らかくした希美子が店を出る。それに続いて溜那、最後に甚夜が一歩を踏み出した。

店の玄関をくぐり、客の目から離れ、少女達もこちらを見ていない。後を追い二歩目、右足が地面に付くか付かないかというところで空気の歪む音が聞こえた。

意識を集中していなければ聞き逃していたであろう微かな音。背後、左から、狙いは後頭部。一撃で頭蓋を砕かれる様を想像する。目視せずとも凄惨な光景が浮かぶ、それだけの圧迫感がそこにある。だからこそ分かりやすい。

踏み出した足を斜め右へ。滑らせるように進め、地に付くと同時に右足を軸に左足を引き、体を半回転させる。

異形の腕が頬を掠(かす)める。避けきれなかったが問題ない。既にこちらは反撃に移っている。読めているなら合わせることくらいはできる。

体を回して、勢いを殺さず流れるように小さく右腕を振るう。夜来も夜刀守兼臣もないが、手には刀がちゃんと握られていた。

『義を重んじ勇をためし仁を忘れず礼を欠かさず。己が矜持(きょうじ)に身を費やし、それを侵されたならば、その一切を斬る刀とならん。ただ己が信じたもののために身命を賭すのが武家の誇りであり、そのために血の一滴までも流し切るのが武士である』

最後まで、血の一滴まで刀でありたいと望んだ男がいた。右手に握られた刀はかつての友がくれたものだ。

短く空気を裂く音が鳴った。刀身を見た者はいない、そう言い切れるほどの速度をもって放たれた一刀だった。

「爺や、次はどこに行きましょうか？」

「そうですね。できれば洋品店を覗きたいのですが。この娘も年頃、衣装の一つや二つ揃えてあげたいので」

「いいですね。そうだ、溜那さんの服は私が選んでもいいですか？」

振り返った希美子と、和やかに言葉を交わす。少女二人は少し硬さが取れたようで、ぎこちないながらも雰囲気は悪くない。

甚夜は異形の腕に向けて振り抜いた瞬間に〈血刀〉を消して居住まいを正し、何事もなかったように希美子達の後をついていく。

彼女達は何も気づいていない、とりあえずはうまくいったらしい。

「ふふ、爺やは子供ができたら子煩悩になりそうですね」

「どうでしょうか」

「ほら、溜那さんも頷いていますす」

骨を断つ手応えはなかったが肉の感触はあった。攻め手が止んだところを見るに、多少なりとも手傷は与えられたようだ。

あれは本物の腕だった。つまり肉体の一部を別の場所に転移させる、部分的な空間移動という線が強くなった。どこにいても攻められるのなら厄介だが、だからこそこの一合は幸いだった。不意打ちにも対応できる、そう印象付けられたなら相手も少しは慎重になるだろう。

考えはそこで打ち切る。今は希美子の楽しそうな笑顔を優先するべきだろう。

「さ、早く行きましょう。溜那さんに似合うドレスを選びますね」

「いえ、お嬢様。欲しいのは普段着なのですが」

「なら、どうしましょうか。そうだ、モガですね！　着物もいいですけど、スカートも似合うと思いますよ」

「……え……あ……」

東京は、かつて江戸と呼ばれていた頃とは異なる様相をしている。大正の世は確かに生きにくい。刀を禁じられ、あやかしは居場所を追われ、かつて全てと信じた生き方は時代に否定された。しかし悪いことばかりでもないと思う。時代の流れと共に街並みは移ろい人の心さえも変わってしまうが、大切にしたいと思える景色はちゃんとあってくれる。

少女たちはあちこち眺めながら、ゆったりと東京の街を見て回る。甚夜がその傍らで、どこにでもある得難い幸福を眺めていた。

郊外にある南雲の邸宅へ戻った井槌と吉隠は、与えられた部屋で茶を飲んでいた。

「俺らは結局、キネマ見ただけだったな」

「だから最初から言ったでしょ。ぼくはキネマ館に行くって。夏雲の唄、いいね。ああいう甘酸っぱい恋物語」

「お前が言うと裏があるようにしか聞こえねぇ」

見張るつもりで付いていったが何も起こらなかった。いさかいを期待していたわけではないが、警戒していたぶん拍子抜けした気分だった。

「お前、結構通ってんのか？　モギリのガキ、なんだったか」

「芳彦君？」

「そうだ、そいつと随分仲がいいみたいだったが」

吉隠は暦座のモギリとえらく親しげだった。向こうも慣れた対応で気安い冗談を言っており、常連客として一定の好意を持っているように見えた。

「気のせいじゃない？　そんなこともないと思うけどなぁ。あ、もしかして嫉妬してるのかな？」

「ふざけろ」

そもそも男か女かすら分からないのに、そこまでの執着を持つはずもない。単に吉隠が普通の人間にああいう態度で接するのが奇妙に思えただけだ。

「さて、そろそろかな」

「あ、なにが？」

話の流れを打ち切って、吉隠は含み笑いを浮かべている。

「ちぃ、てめぇも居やがんのか」

理由を問いただすより前に、いつの間にか部屋に入り込んだ偽久の声が聞こえてきた。

「おお、偽久。つーか、ちゃんと障子を開けて入って来いや」

力を使って部屋に来ることはままあるため、突如現れた偽久に驚きはしない。そこで井槌は右腕に巻かれた包帯に気付いた。出て行く前にはあんなものはなかった。

「おい、その右腕」

「鬼喰らいにやられた。野郎、三手で合わせてきやがった」

赤く滲(にじ)んだ包帯に、決して浅い傷ではないと知れる。偽久は大して気にしていない様子で自身の右腕を眺めている。忌々しげにというわけではなく、どちらかといえば喜んでいるようだった。

「冗談、なわきゃねえよな」

「冗談言うように見えるか?」

「ねえな」

井槌は心中穏やかではなかった。偽久の腕前は知っている。だからこそ容易に対応して見せた鬼の存在に戦慄する。

「なるほど、あの爺じゃ手こずるわけだ。中々楽しげな相手だったぜ」

初見で異能に対応されたとしても所詮は様子見、偽久も鬼喰らいも底を見せたわけではない。

屈辱やら敗北感はなく、むしろ彼の目には相手への純粋な賞賛があった。

「嬉しそうな顔してるねぇ」

呆れた調子で吉隠が溜息を吐いた。こちらの目はひどく冷たく、偽久の好戦的な笑みを心底馬鹿にしている。

「そりゃ嬉しいからな。どうせ殺すなら、それに足る相手の方がいいだろうが」

「知らないよ。ぼくはあんまり殺したくないし、力も殺さないことに特化してるからね。そこら辺、一生分かり合えないと思うよ？」

「それに関しちゃ同感だ。俺もてめぇみてえな屑とは分かり合えねえな」

互いに見下すような視線とあからさまな敵意をぶつけ合う。またかと思いながらも井槌は二匹の鬼の間に入ろうとして、それより早く吉隠が引いた。

「今は言い争いをしてる場合じゃないか。不愉快だけど、偽久の力に数手で合わせるなんて真似ぼくにはできない。井槌は？」

「俺もだよ。そりゃ、そこら中に弾丸ばらまきゃ別だが」

「だろ？　つまりぼくや井槌が真っ向から鬼喰らいに挑んだら」

いとも容易く討ち取られる、言葉にしなくてもそのくらいは想像がついた。ガトリング砲を持たない井槌は、膂力や武技が優れているとしても下位の鬼に過ぎない。単純な力量でいえば偽久の方が上。ならば一合の争いとはいえ互角にやり合った鬼喰らいに勝てないのは道理だろう。

「ま、だからといって手を上げて降参なんてするつもりはないけどね」

「なんだ、えらく余裕があるじゃねえか」

「方針は決まったからね。まともにやって負けるなら、まともにぶつからないようにしようか」

堂々と言い切った吉隠はいかにも楽しんでいるといった風情だ。

「つまりどういうこった？」

はっきりと言ってしまえば吉隠はさほど強くない。勿論ある程度は戦えるし、握り鉄砲を使って見事逃げおおせたように、鬼喰らいを出し抜くだけの技術はある。だとしても吉隠には、偽久の力や井槌のガトリング砲のような、戦局を一発で決定づけるだけのものがない。井槌には自信の根拠となるものが今一つ見えてこなかった。

「教えるわけないだろ。あのね、策は誰にも知られてないから価値があるの」

「いや、そうかもしれねえけどよ」

「じゃ、少しだけね。実は今、下準備のためにキネマ館に通ったり、こないだ見つけた骨董屋さんにも足を運んでるよ」

「遊び歩いてるだけじゃねえか」

気が抜けてがっくりと肩を落とす。吉隠はいつも通りの適当な鬼だった。

「……だから気に食わねえんだ、てめぇは」

そのふざけた振る舞いに苛立ったのか、偽久が冷たい目で睨みつけている。

「ぼくも嫌いだなぁ。偽久の、そういう潔癖なところ。趣味みたいに人を殺す奴が気取るなよ」

張り付いたような作り笑いで吉隠は偽久を見下す。

室内の空気がぴんと張りつめ、身動きをすれば何かが切れてしまいそうだ。しばらく二匹の鬼は敵意をぶつけ合ったが、偽久の舌打ちで緊張が一気に弛緩した。

「胸糞悪い」

吐き捨てた偽久は再び力を使って井槌の部屋から姿を消した。

妙な雰囲気が消えて井槌は胸をなでおろすも、吉隠は不満そうにしている。

「胸糞悪いのはこっちだよ。ああ、やだやだ。何も考えず人を殺す奴が何を偉そうに」

吉隠に人間のような良識があったのは意外だった。

「あんま喧嘩すんなって。しかしよ、お前、鬼にしちゃ妙なことを言うよな」

「そう？　別に不殺ってわけじゃないからね。ただ最低限物は大切にしたいし、無駄に殺すのもごめんで、復讐とかそういうねっとりしたのも好きじゃないってだけ」

「お前からそんなまともな言葉が出てくるたぁなぁ」

甘いが決して嫌いではないと井槌は思う。反対に、「強い鬼」を取り戻したくて叡善の下についた偽久と相性が悪いのも分かる。

「まあそういう理由で、偽久も鬼喰らいもあんまり好きじゃないんだよね。あ、井槌は別ね。君は愛すべき馬鹿野郎だと思うよ。井槌で遊ぶのは好きだし」

「そこは、『井槌と』と言え」

快活に笑うと、いつの間にか吉隠は張り付いたような笑顔に戻っていた。

「しかしよ、だったら何でお前は叡善の爺様の下に付いたんだ？」

井槌と偽久は、鬼は鬼として強くありたいと願った。だが、吉隠の目的は今まで一度も聞いたことがなかった。

「えっ？」

「だから戦う理由ってやつだよ。どうも、お前は俺らとは違う考えで動いているような気がするんだよな」

「理由……かぁ」

人差し指を唇に当てて何度か小首を傾げ、吉隠は笑顔で答える。

「八つ当たり、かな。変わることのできなかった者から、変わっていくものに対する」

「なんだそりゃ。お前の嫌いな復讐とおんなじじゃねえか」

「そうだよ。正当性なんてない、はた迷惑な癇癪さ。ただ復讐と呼ぶほど強い気持ちでもないからね。八つ当たりくらいの方がしっくりくるんだよね」

変わっていくものが気に食わないと吉隠は言う。

ただ悲しいかな井槌はあまり頭がよくない。その裏を探るような真似はできなかった。

4

「爺やは、なぜ私達を守ってくれるのですか？」

「……ん」

あれから数日。敵からの襲撃もなく、甚夜達は平穏な日々を過ごしていた。

特別な事件がなければ甚夜には仕事がある。庭師として赤瀬の庭園の紫陽花を一つ一つ丁寧に確認して虫よけの霧吹きをかけ、余計な葉や枝を少しずつ剪定（せんてい）していく。それを希美子と溜那が興味深そうに観察していた。

カフェーをきっかけに二人は多少仲良くなったらしい。お互い屋敷からはあまり出られない身のため案外と相性も良くて、今では二人して行動することも少なくない。

溜那には使用人が寝泊まりしている離れの一室が与えられている。彼女は甚夜の親戚で、身寄りを亡くして彼を頼ってきたところをそれならばと充知が部屋を用意してくれた、ということになっている。

赤瀬誠一郎は大して気にしていない様子だ。そこから考えるに、彼は溜那についてまるで知らない。つまり彼の役目は希美子を育てる環境を整え、叡善に捧げるまでだけ。何のことはない、体よく利用されていただけなのだろう。

結果、特に問題もなく溜那は赤瀬の敷地に住まうこととなった。誠一郎を通さずとも叡善はその事実を既に知っているかもしれないが、今のところ南雲叡善と甚夜、互いの妥協によって平穏が保たれている。嵐の前の静けさとはいえ得難い日常ではあった。

「なぜ、とは？」

「私達を見捨てても、誰に責められるわけでもないでしょう？　なのに危険を顧みず行動してくれるのは何故かと思ったのです。ああ、爺やが必要ないという話ではありませんよ」

「充知様との約束です。それに、僭越(せんえつ)ながらお嬢様のことは幼い頃から知っています。一度関わった以上、投げ出す気もありません」

「それだけですか？」

「他の理由ですか。強いて挙げれば、紫陽花の世話もありますので」

苦笑する甚夜の言い方は、それこそ孫娘に語り掛けるような柔らかさだ。最後の冗談で少しは気が晴れたのか、希美子の不満そうな顔はどこかに消えていた。

「細かいですね」

「は？」

「いえ、あまり意識していなかったのですが、紫陽花のお手入れは手間がかかるのだと」

甚夜の手際を眺めながら、希美子が感心したように口を開けている。その隣では溜那も彼女の表情を真似ていた。

「命には金と手間暇がかかるものです。花も草木も、もちろん人も」

言いながら、ぱちんと余計な株を切り落とした。

視線を紫陽花に向けたまま希美子達との会話を続ける。年齢の差を考えれば孫娘のようなものであり、ただの雑談でも心が安らぐ。穏やかな午後、葉擦れの音に時折ぱちんと音が響く。気持ちのいい、ゆったりとした時間だった。

「やはり、毎日剪定しないと綺麗な花にならないのですか？」

「いえ、紫陽花はそもそも剪定する必要があまりない花です。極論を言えば放っておいても毎年花をつけますから」

「んー……？」

その返答が意外だったのか、溜那は不思議そうに小首を傾げている。希美子も同じだったらしく、似たような表情で疑問符を浮かべていた。

「えっ？　それなら何でそんなに細かく手入れを？」

「放っておくと紫陽花は年々大きくなり、花の咲く位置も高くなります。当然、今の景観は壊れる。そうならないよう株の大きさを一定に維持するために剪定します。つまり紫陽花の剪定は、来年より綺麗な花を咲かせるためではなく、十年後に今と変わらぬ花を咲かせるためのものです」

十年後、希美子は二十六歳になる。若い彼女からすれば随分と先の話で、言われても想像もつかないだろう。同じように庭師の仕事にも今一つ納得できていない様子だ。これだけ毎日働いても結果が出るのは十年後。その上、今よりきれいになるわけではない。労働と対価が見合っておらず、どうにも理不尽めいたものを感じているようだった。

「それは、その。なにか、勿体ないというか」

「無駄な努力と思いますか？」

「いえ、そういうわけではありませんが」

こちらを気遣ってか、希美子は大げさに手を振って誤魔化そうとしている。

これだけ手をかけているのだ。今よりも綺麗な花が咲いて欲しいと思うのは間違いではないだろう。努力は報われてしかるべきと考える若者には、この作業が徒労に見えているのかもしれない。

「変わるための努力があれば、変わらないための努力もあるということです。どちらが正しいではなく、どうありたいかでしょう」

甚夜はただ穏やかに笑みを落とした。

「この紫陽花は、お嬢様のご両親がご結婚なされた頃と変わらない花を咲かせます。誰が見ても驚くような派手な美しさはありません。ですが今も変わらぬ紫陽花は、私の誇りの一つです」

「ですけど、これだけ毎日手をかけているのに変わらないのは、少し悲しいです」

伝えたいことはあってもうまく言えない。そういう未熟さが年寄りには微笑ましく感じられた。

甚夜はもう一度紫陽花の枝ぶりを見る。季節の終わりが近付き、少しずつ花も散る時を迎えようとしていた。

「そうですね、例えばお嬢様が誰かと結ばれ、子をなしたとします」

「こっ、子供ですか⁉」

「例えです。子をなして育み、大きくなった子供とこの庭で遊んだ時、ふと紫陽花に目をやる」

花の終わりを慈しむように、そっと触れる。しっとりと濡れるような花弁の手触りに頬が緩む。

「その時にはきっと、今と変わらぬこの花は今以上に美しく映る。私が何を言いたかったのか、分かる日も来るでしょう」

「……爺やは時々、難しいことを言います」

「年寄りというやつは説教くさいものです」

長くを生きたからこそ、変わり往くことの価値を、変わらずにあることの尊さを知った。無知で愚かだった男が様々な出会いに学び、今度は他の誰かを諭すのだから巡り合いとは不思議なものだ。

「あら、希美子。爺や、それに溜那さん」

紫陽花の手入れが一段落ついた辺りで、見計らったように声を掛けたのは希美子の母、志乃である。楚々(そそ)という表現がよく似合う女性で、庭を歩く姿も様になっていた。

「お母様」

「ん……」

希美子達は同じように振り返り声を上げる。

「これは、志乃様」

「ですから、そのような喋り方でなくていいと言っているでしょう？」

「そうだったな。すまない志乃」

以前のような砕けた口調に戻すと、嬉しそうに志乃が小さく頷いた。

彼女のことは子供の頃から知っている。だからこそ淑女然とした佇まいには心が和む。子供の頃の志乃は決して淑やかな娘ではなかった。希美子に輪をかけてお転婆で、それに充知が振り舞わされることになり甚夜も仕方なく付いていく。それが赤瀬の家での日常だった。

二人には心から感謝している。野茉莉や染吾郎、京で過ごした日々を失くして、なおも安寧を感じられるのは間違いなく彼等のおかげだろう。

「爺や、お母様の情夫という話は、ただの噂ですよね？」

親愛に満ちたやりとりに不貞を疑ったらしく、希美子が半目で甚夜を睨む。迫力は足らないがその疑いは痛かった。

「希美子、失礼なことを言ってはいけませんよ」

「ですが」

「爺やは私の面倒を見てくれていたのだけれど、昔はこうも堅い喋り方ではなかったから慣れないのよ」

　幼い志乃が嫌がるため砕けた態度で接していた。それを考えると希美子は素直でおとなしい。もっとも好奇心の強さや行動力は母親譲りなのだろうが。

「元々爺やは充知様が連れてきた使用人だったの。婚約した時は、私は十一歳だったかしら。まだまだ子供で、よく爺やに遊んでもらったわ。貴女達みたいに外へ連れて行ってもらったりもしたのよ」

　懐かしむように志乃は息を吐いた。

〈隠行〉は姿を消す力。以前ならば対象は自分だけだったが、それなりに経験を積んだためか今は接触している間ならば任意の相手の姿も消すことができる。そうやって家内使用人の目を欺き東京の街に繰り出した。よくよく考えれば無駄な異能の使い方だが、志乃にとっては懐かしい思い出になってくれたようだ。

「お母様も？」

「ええ」

　希美子が驚きに目を見開いている。母親としての落ち着いた振る舞いしか見ていないせいで、遊び回る志乃の姿が想像しづらいのだろう。

「希美子、溜那さん。ケーキを頂いたの、よかったらお茶にしない？」

「あ、はい」

「……んっ……」

急な話の展開に付いて行けないのか希美子は生返事になった。反対に溜那は力強く、こくこくと何度も頷いている。ケーキにそこまで反応するのは意外だった。

「溜那さん、ケーキはお好きですか？」

希美子がそう聞けば今度は首を横に振る。結局、なにがあの娘の琴線に触れたのかは分からなかった。

「それではお部屋に行きましょうか」

「はい。お母様、よろしければお話を聞かせて頂けますか？　昔のことをもっと聞きたいです」

「ええ、いいわよ」

女三人かしましいというわけではないが、集まればそれなりに賑やかだ。甚夜が楽しそうな娘達を見守っていると、志乃に軽い調子で声を掛けられた。

「爺やもどう？」

「いえ、私は」

「そう」

断られることは予想していたのだろう、大して気にした様子もない。

「せっかくですし、爺やもお茶にしませんか？」

「希美子、無理を言ってはいけませんよ」

娘を柔らかく窘め、そろそろ行こうと志乃が促す。

無論家の中にいても警戒は必要だが、向日葵に屋敷の周囲を見張らせている。先日の腕の件もあるが幸いにも相手は理知的で、あの襲撃はこちらの力量を探るに留まっている。今のところは危険もないだろう。

「お気遣いなく」

「分かりました」

残念そうではあるが希美子達は志乃に付いて行く。

その後ろ姿を眺めながら甚夜は目じりを下げた。色々なものを失くしてきたが、だからこそ何でもない情景がひどく優しかった。

「さて、続けるとするか」

紫陽花の世話に戻る。

梅雨時の風物詩である紫陽花は、江戸時代にはさして人気のある花ではなかった。むしろ移り気や心変わり、裏切りの象徴として忌み嫌われていた。それがいつの間にか人気の品種として庭で栽培されている。新しい時代に貶められるものはあるが、逆に価値を認められるものもあるのだ。花は昔と同じ。なにが変わったのかは甚夜には分からなかった。

「しかし、守る理由か」

紫陽花の花は咲いている。充知と志乃が婚約した頃から希美子が大きくなった今でも、あの頃と変わらず鮮やかだ。その美しさを大人になった希美子にも知って欲しいと思う。

年老いた両親と共に紫陽花を眺められるように――命を懸けるには少し足らないかもしれないが、それが今の甚夜の理由だ。

鋏で余計な部分を切り落とせば、ぱちんと心地よい音が庭に響いた。

幕間　りゅうなのはなし

『ここで死ぬか、付いてくるか選べ』

突き付けられた問いに溜那は固まった。

苦痛は常日頃からで、体を造り変えられる感覚にも慣れた。牢を訪れる者は何かしらを強いた。手を差し伸べられたのは、これが初めてだった。

けれど、どうでもよかった。生きようが死のうが、なにかの間違いでここから出られたとしても暗い場所から逃げられない。そのために造り変えられたのだから、そうなると最初から決まっている。

『よし、ならば行こう』

それなのに、いつの間にか選んでいた。差しのべられた手を取った理由は今も分からない。ただ、ごつごつとした手がとても安心できたことを覚えている。

おそらくそれが原初の風景。

積み重ねた歳月の中、なおも消え去ることなく残った大切なものだった。

「ああ、溜那」

そうして牢を抜け出した溜那は外で暮らすようになった。

朝起きて一番に顔を合わせる男の名は葛野甚夜というらしい。爺やと呼ばれていたのでそれにならう。知っていることはほとんどないが嫌悪はあまりない。彼は人に紛れて生きる化け物、つまり自分と同じだった。

爺やに連れられて人の世を学ぶ。基本的な知識は牢の中でも植え付けられていたが、実際に触れるのは初めてだ。屋敷で働いている人には「爺やの姪」として扱われている。よく分からないが、そういうことになっているらしい。食事は三食与えられた。以前は口に無理矢理入れて飲み込むだけの作業だったから箸がうまく使えなかった。

「溜那、持ち方が違う」

爺やは妙に真面目なところがある。挨拶を欠かさず作法にも厳しい。なのに周囲は「溜那は大切にされている」と言っていた。

『しかし寂しくはありますね。仕方ないと分かってはいますが』

「帯刀すればおじさまが捕まってしまいますから」

喋る刀と小さな鬼女、彼の周りには変わったものが多くある。彼女達は、爺やが仕事の時に護衛としてついてくれる。もう一匹「昔の知人」がつくこともあるが、あれは好きではない。爺やの理解者面がひどく気持ち悪かった。

「安心してくださいね。周りには鬼達が潜んでいますから」

小さな鬼女に頷いて返す。喋れないわけではないが会話は苦手だ。言うことは自分を伝えること。中身に価値がないと知っているから、伝える行為に意味を見出せない。どうせいずれは魔を育み、現世を滅ぼす鬼神となる。牢を出たところで何も変わらなかった。

「溜那、疲れてはいないか」

「ん」

普段は爺やの仕事を手伝う。特に理由はないし荷物持ち程度だが、屋敷の人には何故か褒められた。

花の世話をする時、彼はひどく穏やかになる。たまに思い出したように頭を撫でられた。おそらく花の世話も、子供の面倒を見るのも差異はないのだろう。

「溜那さんの髪、綺麗ですね」

お嬢様は髪を好き勝手に弄ぶ。玩具にされるのは慣れているし、痛みを伴わないので嫌がることでもない。

「そうだ、この前買った服も合わせてみませんか？　少し待っていてくださいね」

耐えることは間違っている。大抵の出来事は逆らわず受け入れたなら流れ去るものだ。だから頷き身を委ねる。そうすればお嬢様も喜んだ。

彼女の真似をすればうまく回るので彼女といるのは楽だ。ただ少しだけ胸の中が澱(よど)む。その正体が理解できず、やはりなにも言えなくなった。

「やぁ、遊びに来たのかい」

家の主には連れていかれた書斎で会った。この男はどこか牢の爺と同じ匂いがする。妻と名乗った女と違って、隠し騙す側の生き物だ。

「あ、はは。反応を返してくれると嬉しいんだけどなぁ」

「仕方あるまい。それだけお前の風体が怪しいんだろう」

「君、雇い主に対してもう少し言い方はないのかな」

爺やは家の主を優先している。上っ面だけで笑うような人間なのに距離が近いように見えた。

「で、今は何を読んでいるんだい？」

「『風姿花伝(ふうしかでん)』だな」

「世阿弥(ぜあみ)か。花は散るから美しい、ってやつだね」

「知り合いに『二人静』という謡曲(ようきょく)を教えてもらってな。世阿弥には前から興味があった。もっとも、花は散るから美しいとは私は思わんが」

「ならどう思うんだい？」

なにか、つまらない話をしている。退屈から爺やの服の袖をひっぱった。

「ん、ああ。すまない、そろそろ戻るか。充知、借りてもいいか？」

「ちゃんと返してくれるなら。しかし、君は面倒見がいいね」

「散々世話を焼かせたお前が言うか」

爺やが落とすように笑う。爺やの笑顔はとても小さく見落としそうになる。意外だが彼はよく笑うのだ。

「それもそうだ。だけど言わせてもらえば、大概は志乃が発端だったと思うよ」

「あのお転婆がああも落ち着くのだから、母というものは偉大だな」

そう言った爺やの顔はすごく優しかった。

頃合いを見て部屋へと戻る。部屋には爺やの飾った花があった。花の名や象徴となる言葉を教えてもらったが、向いていなかったのかあまり覚えていない。

「おやすみ、溜那」

「……ん」

こうして一日が終わる。

牢の中とは違い過ぎる毎日にまだ戸惑っている。苦痛はなくなったが、楽しいという感情にはならなかった。

おそらく信じ切れていないのだ。布団をかぶり眠っても、目覚めればまた牢の中にいるような気がしている。だから外に出て初めて覚えた感覚は恐怖だった。日々の居心地の良さが、なにかの拍子で壊れてしまうのではないかと怯(おび)えていた。

音のない夜は不安が強くて逃げるように目を瞑(つぶ)る。
きっとこの部屋は、あの薄暗い牢に繋がっているのだろう。

古椿の宴

1

東京は浅草、雷門のある通りから外れた薄暗い小路には、小さな骨董屋『古結堂』がある。明治の中頃に居を構えたが客足はよくない。建物の造り自体もかなり古く、古結堂はうらぶれたという表現がぴったりとくる店構えだ。陽は既に落ち始め、辺りは夕暮れの色に染まっている。ゆらりと揺れる夕陽の光に濡れた骨董はひどく艶かしかった。

店を預かる青年は、本木宗司という。十八歳になる宗司は古結堂の店主の孫にあたり、衰えた祖父に代わって店番をする機会が多い。父親は普通の職に就いているため、いずれ自分がこの店を継ぐことになるだろう。もっとも、その時まで店が潰れずに残っていればの話であるが。

「あんまり客こぉへんなぁ」

秋津染吾郎が適当に店内の骨董を眺めながら呟く。それを受けて宗司は苦笑いを零した。

「どちらのですか?」

客がいないのをいいことに、宗司も本を読みふけっている。一度も手を止めず一冊読み終えているのだから、どれだけ客入りが少ないかは明白だ。

「そら、どっちもや」

「好事家(こうずか)相手の骨董屋ですからね。そこまで頻繁にはお客さんも来ませんよ。退魔にしたって、今時それ一本で食べてはいけませんし」

「世知辛い話やなぁ」

昔の退魔は鬼の討伐だけでも十分食っていけたらしい。鬼や怪異はそれだけ現実的な脅威だったからだ。しかし悲しいかな、大正の世になり信心も薄れ、妖怪が出たから退治してくれと言い出す者は極端に減った。このご時世、名家ならともかく十把一絡げの退魔では職業として成り立たなくなっていた。

本木宗司はそういう目立たない退魔の家に生まれた。勾玉(まがたま)の久賀見や妖刀使いの南雲のような由緒正しい家柄ではなく、かといって付喪神(つくもがみ)の秋津のように腕で黙らせる程の力もない。本木の家は歴史が浅く規模も決して大きくはない。退魔といっても相手取るのは鬼に代表される屈強な怪異ではなく、古い骨董に宿った魂や妖化した器物だ。

店に流れ着いた曰(いわ)くつきの品を取扱い、それを求める客に売るのが古結堂の生業(なりわい)。講談にもよくある「不思議な商品を取り扱うお店」そのものである。その過程で危険な品物に関しては祓(はら)うというだけで、退魔の嗜(たしな)みとして練磨は重ねているが暴れ狂う怪異と切った張ったをやるような案件はほとんどない。

　だからこそ稀代の退魔と名高い秋津染吾郎には憧れを抱いていた。何といっても分かりやすい。大衆雑誌の冒険活劇に出てくる強い主人公のようなもので、秋津染吾郎は年若い宗司にとって一番身近な英雄像なのである。

「で、聞きたいことってなんですか？」

「おお、せやせや。あんた、一応退魔なんやろ。最近の浅草で起こった怪しい事件とかなんか知らんか？　特に、人が失踪したとかそういうの」

「失踪事件、ですか。新聞ではそんなの見てないですけど」

「そらそうやろ。そんなけ派手な真似してくれるんやったら俺も楽やけどな」

　そこまで迂闊な相手ではないから手こずっているのだと、染吾郎がぼやく。彼が何を警戒しているのかは、同じ事件に巻き込まれた宗司には容易く想像がついた。

　南雲叡善という名の下衆な人喰いはいまだ大きな動きを見せておらず、染吾郎は人知れずその影を追っているのだろう。

「すみません。浅草ですから幽霊を見たくらいの噂なら聞くんですが」

「そうか、悪かったな」

「いえ。こちらこそお役に立てなくて」

　秋津の拠点は京都であり、東京では勝手が違うのか順調とは言い難いようだ。古結堂を頼ったのも藁にも縋る想いだったのかもしれない。

「情報集め、手伝いましょうか？」

「いんや、止めとき。ちょっと今回の相手は性質が悪くてなぁ。話聞かせてくれるだけで十分、間違っても首突っ込もうやなんて考えたらあかんで」

命が惜しいなら余計なことはするな。暗にそう言った染吾郎が片目を瞑り小さく笑う。年老いてはいるが、悠々とした態度には貫禄がある。何気ない仕種から経験に裏打ちされた相応の自信が感じられた。

宗司はそれを素直に格好いいと思う。退魔に足を突っ込んではいるが華々しい活躍のできない宗司には、誰よりも強い四代目秋津はそれだけで尊敬に値する。ただ最近は少しばかり鬱陶しく感じる部分もあった。

「秋津様、お茶が入りました」

「おう、すんまへんなぁ、お嬢ちゃん」

店の奥から出てきた少女は、満面の笑みで染吾郎に湯呑と茶菓子を差し出した。

三枝小尋。今年で十六になるこの娘は、一応古結堂の従業員という扱いになっている。だが、給金を払えていないのだから正確には手伝いという方が正しい。

小尋は祖父の知り合いの娘らしい。彼女の家も退魔に携わっており、勉強のためとしばらくの間、古結堂に寝泊まりしていた。

「おい、俺の分は?」

「お客様に出す分用意しただけなのに、なんで宗司の分まで?」

いけしゃあしゃあと宣う小尋に若干の苛立ちを覚える。この辺りが染吾郎を鬱陶しく感じてしまう理由だ。

そもそも宗司が秋津染吾郎と知り合ったのは、妖刀使いの南雲が開いた夜会である。歴史ある骨董は値が張り、一番金を落としてくれる客層は好事家や暇を持て余した華族だ。祖父が南雲の当主と知り合ったのもそういった理由で、没落したとはいえ見栄があるのか時折古結堂を利用する。その縁で夜会に誘われ、祖父の代わりに宗司と小尋の二人が南雲の家を訪ねた。

もっとも、誘われた本当の理由は南雲叡善の企みにあったようだ。集めた人間の命を使い、なにやら怪しい儀式でも試みようと思っていたらしいのだが、すんでの所で秋津染吾郎に助けられた。彼は付喪神使いの名に恥じぬ技で鬼を退け、多くの人々を救ったのだ。

「物も買いもせんと入り浸ってるんや。こんな気ぃ遣てもろて悪いわ」

「そんな、秋津様ならいつでも歓迎します」

「はは、ええ娘や。そや、お嬢ちゃんにも聞きたいんやけど、なんや怪しい噂知らんか?　ちょっと調べもんしててなぁ」

「噂、ですか?　最近お隣の娘さんが家出をしたと聞きましたけど、そういうのではないですよね?」

命を救われたのだから感謝はしている。しかしどうしても引っかかるのは、小尋が普段見せないような態度で話しかけている点である。普段どちらかといえば強気な彼女が誰かに尻尾を振っている様は、何故だか非常に苛立たしい。

「小尋、迷惑かけんなよ」

「別に迷惑なんてかけてません。そっちこそ、先達は敬うべきでしょ？」

「ちゃんと敬ってるってのT」

雑な言い方になってしまい、弁明しようにも小尋は子供のように威嚇してくる。いつも通りといえばそうなのだが、うまくいかず宗司は憮然とした表情を作った。

「あんたら、おもろいなぁ」

それを眺める染吾郎はどこか楽しそうに、にまにまと頬を緩ませている。馬鹿にされたような気がして恨みがましく視線を向ければ、老翁は堪えきれなかったのか声を出して笑った。

「……なんですか」

「すまんすまん、なんや懐かしい気持ちになってなぁ。俺も昔はそないな態度とってたんか思たら、笑けてきてな」

染吾郎が懐かしむように頬を緩める。

「秋津さんが、ですか？」

「おう。惚れた女の前やとうまいこと喋れへんくせに、親父にはよう突っかかってな」

未熟だった頃を語っているのに、どことなく浮かれているようにも見える。歳月の重さを噛み締めていたかと思えば、にっかりと悪戯小僧のように口の端を吊り上げた。

「まぁ、あれや。気になるんやったら早めに素直にならなあかんな」

「はぁ!?」

近寄ってがっしりと肩を組み、耳元でそう囁かれる。図星を指された宗司は顔を真っ赤にした。

「お嬢ちゃん可愛いもんなぁ。活発そうやけど、あの手の娘は家に入ったら良妻になる」

改めて小尋を見る。十六歳ならもう結婚の話が出ていてもおかしくない。しかも同じ退魔の家ということを考えれば、宗司の相手に選ばれる可能性もあるだろう。

「恥ずかしいのも分かるで。せやけどちょっとは動かんと、伝わるもんも伝わらへん。のんびりしてたら他にかっさらわれてまうで」

「いや、別に。俺は、あいつのことなんてどうでも」

「誤魔化すことに慣れたらあかん。そういう奴はな、いざっちゅう時に大切なもんを選べへんようになるんや。そんで、なんもかも終わってからこう言うんや、仕方なかったってな。あんた、そんなしょうもない男になんかなりたないやろ?」

「う……」

身に覚えのある態度を指摘されて宗司は口を噤んだ。先ほどまでは都合のいい将来を想像していたのに、それが一瞬で黒色に塗り潰される。

「ま、あんま俺が言うてもしゃあないか」

不安を煽っておきながら染吾郎は驚くほど軽い調子だ。助言の一つもなく、こちらを一瞥するとそのまま店を出ようとする。

「秋津様、もう帰られるんですか？」

「おお。ちょっと気になることがあってな」

心底残念そうな小尋をさらりとかわして、一度も振り返らず去っていく。

「ほなな、宗司君。なにをとは言わへんけど頑張りや。お嬢ちゃんもまたな」

幾多の戦いを乗り越えてきた老人の歩みが、今の宗司にはひどく遠く感じられた。

「なんで私はお嬢ちゃんなのに宗司は名前で呼ばれてるの？」

頬を膨らませる小尋に構っている余裕はない。染吾郎の言葉を頭の中で反芻する。そうすると視線は自然と彼女に向いていた。

「どうしたの？」

「あ、いや。別に」

「顔赤いよ、大丈夫？」

一度意識すると思考はどうしても妙な方に流れていく。しばらくの間、宗司は混乱したまま小尋とまともに会話もできなかった。

浅草は寺やほおずき市などで有名だが、古くは処刑場であったという。

江戸の頃の処刑場といえば「北の浅草」「南の芝」。次第に江戸の人口が増えて民家が建ち並ぶようになってからは人目のつかない所に移されたが、浅草にまつわる怪異譚が多く存在しているのは、血生臭いかつての名残なのだろう。

染吾郎は古結堂を離れ、小塚原にまで足を延ばした。宗司を訪ねたのはもののついでで、そもその目的はこちらにあった。

南雲叡善の足取りを追う途中、一つの奇妙な噂を聞いた。夜の浅草で死に装束をまとった女の幽霊を見たという、いかにもな話だ。他にも幽鬼のように夜を歩く人影を見ただの、神隠しを目の当たりにしただのといった怪しげな噂がまことしやかに語られている。古結堂では幽霊や家出した娘の話を聞けた。それがどう繋がるかは分からないが、これだけ浅草に集中して噂が流れているのだ。何かあると考えた方が自然だろう。

そうして幾つもの噂を集め、辿り着いたのが小塚原。江戸の頃、処刑場だった場所である。いささか出来過ぎているような気はするが、ともかく真相を確かめようと訪れたのだ。

既に陽は落ち切って、通りは夜に包まれている。寺社仏閣がまばらに建つ小塚原の通りは、夜の暗さも相まってひどく不気味に見える。幽霊の噂を知っていればなおさら雰囲気があった。

「さて、鬼が出るか蛇が出るか。できたら、鬼の方が来て欲しいんやけど」

街灯に照らされた薄ぼんやりとした夜道を歩く。時折立ち止まり、辺りを見回して様子を窺う。それを何度か繰り返すと、ちゃり、と背後で砂を踏み締める音が響いた。

弾かれたように染吾郎は振り返った。背後の人影に早速当たりかと思ったのも束の間、その姿に落胆する。

「なんやお前か……」

栗色の髪の鬼女、向日葵が場違いな笑顔で立っていた。

「こんばんは、秋津さん。夜も遅いのに大丈夫ですか？　御歳を召された方は早く寝るものだと思っていましたけれど」

「お前舐めとんのか、ほとんど歳変わらんやろが」

「女に歳の話なんて、秋津さんは無粋ですね」

向日葵が肩を竦めた。幼い容姿をしているせいで馬鹿にされている感じがしてくる。そもそも彼女に対して敵意はないにせよ好意的でもなく、自然とこちらの対応も雑になる。

「まさか女の幽霊てお前ちゃうやろな」

「ああ、やはりそれが目的ですか」

「やっぱり、っちゅうことは」

「はい。私の目的も秋津さんと同じです」

わざわざマガツメの娘が出張ってきたのだ。ますますただの噂とは捨て切れなくなってきた。

「溜那ちゃんらはええんか」

「今はおじさまが希美子さんを、溜那さんは護衛の方が面倒を見ていますから」

言ってから少し彼女の表情が陰る。本人は隠しているつもりなのかもしれないが、不満の色がありありと見えた。

「なんや苛立ってるんか？」

「必要だから頼りますが、私はおじさまの知人を名乗る鬼が好きではないので」

以前聞いた「深川に住んでいた頃の知人」だったか。相当嫌な奴なのか、向日葵はきっぱりと言い切る。感情を露わにする彼女は普段よりも幼く感じられて、その分だけ複雑な心境になった。

染吾郎にとって向日葵は、直接の関わりはなかったがやりにくい相手だった。師の仇の娘であり同時に東菊の姉である彼女は、何もできなかった頃の自分を思い起こさせる。恨みを抱くのは筋違いだと頭では納得していても、心の片隅にはしこりのようなものが残っていた。

「ほぉ、俺は会うたことないから何とも言えへんけどな」

それを隠すように、意識して軽薄な振る舞いを演じた。生意気な小僧だった頃から随分と老いた。今では感情を隠すくらいわけなくできるようになってしまった。

経験を積んだおかげで気付けることは増えたが、その分だけ気付かないふりも多くなった。そう考えると歳を取るのは、決していいことばかりでもない。あの頃の自分ならば向日葵とどう接したろうか。考えても答えの出ない疑問がふと脳裏を過った。

「会わないで済むならその方がいいと思います。ああ、今度はこちらに」

向日葵は噂の大元に案内すると夜道を先導してくれている。罠の可能性を頭の片隅に置きながら染吾郎はひとまず彼女に従った。

「おう。せやけど、女の幽霊なぁ……叡善がらみやと思うか？」

「不本意ですけど、間違いなく」

力強い断定に違和感を覚えて問い質そうとするが、邪魔するように生暖かい風が吹いた。

生暖かいはずなのに、ぞくりと背筋が寒くなる。

「おうおう、噂をすれば。空気の読める奴やな」

「秋津さんとは逆ですね」

「黙っとれ」

夜の小塚原の寺社近く、街灯の届かない小路にゆらりと浮かび上がる影があった。

死に装束をまとった女の幽霊を見たという噂だったが、どうやら内容は間違いだったらしい。現れた小柄な黒い影は、確かにどことなく女性を思わせる。ただ幽霊と呼ぶには圧倒的に足りていない。目鼻も口も耳や髪の毛もない、真っ白な無貌のあやかしだった。

「鬼……か？」

数多の怪異を相手取ってきた染吾郎ですら、その奇怪な容貌には戸惑いを隠せなかった。対して向日葵は動揺することなく何かに耐えるように奥歯を噛みしめている。

「はい。溜那さんや、命の貯蓄……正直予想はしていましたが」

「そら、どういうこっちゃ」

「気を付けてください。まだ来ます」

ぞろぞろと集まってくるのは、鬼ではなく人間だ。皆一様に生気のない目をしており、無貌のあやかしよりも遥かに幽霊らしく映る。

「なぁ」

「なんでしょうか」

「もしかせんでも、俺ら罠に嵌ったか？」

「そうですね。南雲叡善を追って噂を集めていくと、ここに辿り着くようになっているのかと」

身構える染吾郎をよそに、感情を乗せないまま当然のように向日葵は語る。そうこうしているうちに取り囲まれ、逃げ道はなくなった。

「あれはあやかしの本懐。あの娘の力は、心の弱い人間の意識を乗っ取り操ります」

叡善の配下であるはずの鬼の詳細を向日葵は知っていた。染吾郎はそこに疑問を抱かなかった。屈辱に歪む表情から、彼女の内心と異形の正体を同時に察した。

「鬼の名は古椿……私の妹です」

2

「人の命を喰らい内に溜め込む力。ただの人間を、魔を産む毒婦へと変える技。そんなものが刀で伸し上がった退魔の家に伝わっているわけがないじゃないですか」

　向日葵が震えた声で吐き捨てる。その瞳は後悔とも哀切ともつかない感情に揺れていた。

「心を造り、任意の力を発現させる。人を鬼へと変える。すべて母が造り上げたものです。南雲叡善は古椿を攫って母の技を盗んだばかりか、あの娘を別物に造り変えました。もはや自我はありません、ただ叡善の命じるままに古椿は動きます」

　マガツメの娘は切り捨てた心の一部である。どこまで行ってもマガツメの心は兄にしか注がれない。本来ならば古椿も甚夜と敵対していたはずだった。しかし彼女は在り方を歪められ、叡善に利用されている。

「私達は伝わらなかった想い、叶わなかった願い。本当に大切だったのに切り捨てるしかなかった心の欠片。だから私は古椿を、そして南雲叡善を討たねばなりません。母の心を守るため……これ以上、汚させないために」

　それが甚夜と同盟を組んでまで、南雲叡善を討とうとした理由なのだろう。

　染吾郎はようやく納得した。母を愚弄して妹を利用する外道。それを討つのに論理的な思考や損得勘定は必要ない。彼女の内にあるのは純粋な敵意だ。大切な場所を踏み躙る叡善へ対する正当な怒りであり、捻じ曲げられ遠く隔たってしまった心へのけじめだった。

「……ああ、向日葵」

染吾郎は初めてまともに向日葵の名を呼んだ。

「疑って悪かった。相手は家族に手ぇ出したうえに、こっちの大切なとこに土足で入り込むような糞野郎や。ぶちのめすんに、人とか鬼とか正しいとか間違うてるとか、そんなもん関係ないわな」

マガツメを認めることは決してない。あれは人として許してはいけない存在だ。だがこの娘のことは目を瞑ろう。マガツメの眷属であっても大切な誰かのために怒れる奴は嫌いではなかった。

「で、どうする？　あいつ、助けたいんか？」

「もう、あの娘は元に戻れません。どうしようもないくらい弄られています。本音を言えば、おじさまに喰べてもらいたかったのですが……叶わないのならば」

せめて楽にしてあげたい。

口にしなかった言葉を悟り、それを言わせないよう染五郎は一歩前へ出る。積極的に賛成はしないが妹の死を向日葵は認めている。ならばこれ以上の詮索は余計だ。

「そうか。ほんなら、遠慮はせんでええな」

染吾郎は操られた人々に囲まれた状態で、古椿から視線を逸らさない。やると決めたからには他事に気を取られていてはいけない。腕には念珠、いつでも付喪神を繰り出せるように構えた。

それがきっかけとなったのか。呻き声を上げながら、意識の宿らない目で人々は津波のように襲い掛かってきた。

あまりにも遅すぎる。数多の鬼を討ち果たしてきた染吾郎にとっては、なんの力も持たない一般人など相手にもならない。躊躇いはある。彼等は操られているだけで、身体強化といった付加はない。つまり狂骨を使えば簡単に薙ぎ払えるが、それをすれば彼等は死ぬ。ゆえに付喪神での迎撃はできない。もっともそれで手詰まりになるようであれば、稀代の退魔の称号はなかった。

迫り来る輩の動きに合わせて、右足一歩前へ踏み込む。力はいらない、距離を空けられれば十分。鳩尾はあえて外し、左肩からぶつかる。随分と昔に甚夜が教えてくれた体術だ。全霊ならば鬼でも怯ませる一手だ、手加減しても相手は容易く吹き飛んだ。

染吾郎は向日葵の前に立ち、体術のみで応戦する。殺す気はないが無傷での制圧は難しい。多少の傷は勘弁してくれと人々を打ち倒していく。

殺せないうえに気絶もしないらしく、一度退けても彼らは再び立ち上がる。操られているというのなら痛みなど関係なく動き続けるに違いない。こちらの体力にも限りがあり、現状が続けば不利に傾く。できれば早期決着が望ましい。

「かみつばめ」

隙を縫って懐から取り出したのは、師も使っていた紙燕の付喪神。かみつばめは高速で飛び、刃に等しい鋭利さで敵を斬る。人の波の間を狙って放つ先には古椿の姿があった。

「ちぃ」

軽い舌打ちをして染吾郎はかみつばめの軌道を捻じ曲げた。古椿を斬り裂くよりも早く、操られた人間が割り込んできたからだ。

人を盾にするくらいは織り込み済みだ。それでも染吾郎は強い苛立ちを感じた。

「せやけどお前の妹えげつないなぁ」

「そう言わないでください。私の力も〈古椿(ふるつばき)〉も、母の叶わなかった願いなのですから」

鬼の力は才能ではなく願望。心からそれを望みながら、なおも今一歩届かぬ理想の成就。ならばあれはマガツメの望みではあるのだろう。やはり向日葵を認めても、母親の方は好きにはなれそうもなかった。

「それに、そもそも〈古椿〉はあんなことをするための力ではありません。仮初(かりそめ)の逢瀬(おうせ)を楽しみたいという望みが形になったものです」

「それはそれでえげつないな」

「かもしれません。ですが、やはり願いは叶いませんでした。私たち鬼は、結局ない物ねだりをしているだけなのでしょうね」

諦観に似た空気をまとう向日葵は、穏やかなのに泣いているようにも見えた。

「で、それを利用するんが叡善と。どっちがあやかしか分からんようなってきたわ」

話を逸らすためだったが染吾郎の本心でもあった。人が正義、鬼が悪だなどと言うつもりは毛頭ない。しかし鬼神の眷属を踏みにじって利用する南雲叡善の行いは大道を外れすぎている。傍から見ていてもはらわたが煮え返るほどだ。

「っとぉ」

こちらの話を遮るように操られた人々が殴りかかってくる。武器はそこらに落ちていた角材程度だ。そもそも戦力として集められたのではない。おそらく彼等はこのまま叡善の餌となるのだろう。

放っておけば多くの人間の命が失われる。それを考えればこの場で古椿は討っておきたいが、取れる手はあまり多くない。距離をあけたまま攻撃してもまた人を盾にされるだけ。ならば狂骨を使ってすべての人間を抑え、距離を詰めて改めて古椿を狙うべきか。

いや、それもできない。この先の展開を想像するに、こちらの最大戦力を早々と出すのは明らかな失策だ。かといって囲みを体術で蹴散らすのも無理そうだ。さすがに数が多すぎる。若い頃ならいざ知らず、今の体力では古椿の元へたどり着くまでに動けなくなる。

「おい、向日葵。お前鬼を何匹か使役してたやろ。あれ、今できるか？」

染吾郎は操られた人々をいなし、向日葵に近付けないよう気遣いながら声を掛けた。せっかくの借りられる手だ、借りておかなければ勿体ない。

「三匹程ならすぐにでも」

向日葵の考えも一致していたようだ。どこから現れたのか、既に彼女の後ろには三匹の鬼が控えていた。

「上等ぉ。俺の道を拓け。操られてる奴ら、殺しなや」

「分かっています。必要なら躊躇いませんが、意味もなく殺したらおじさまに嫌われてしまいますから」

物騒な内容と子供のような言い分に、彼女がマガツメの娘だと改めて意識する。師に教わった通りの危うさだった。

「お前の世界ってあいつ中心にまわってんのか？」

「違いますよ。私達にとっては、おじさまが世界なんです」

それは比喩ではなくどうしようもないくらいの真実だ。だからマガツメは、鈴音は全てを憎むしかなかったのだろう。もっとも心の機微を察せるほど親しくもないため、染吾郎は向日葵のそれも茶化した返しとして流した。

意識を切り替えて射抜くような苛烈さで古椿を睨み付ける。年老いた体に鞭を打ち、ぐっと腰を下げて足に力を溜めた。

「そらごちそうさん。色ぼけて仕損じなや」

「ぼけが来るのは秋津さんの方が早いと思いますよ？」

「言うてくれんなぁ」

軽い言葉と共に大地を蹴る。それより早く向日葵の鬼達は動き出している。意思のない下位の鬼では膂力も速度もない。だが染吾郎の道を切り拓く、そのために邪魔な人間を押さえ付けるくらいならできる。

疾走して襲い掛かる人々をどうにか捌き、手が回らない相手は鬼が押さえる。単純な繰り返しで距離は近付いていく。零にする必要はない、ある程度距離を詰めて人を盾にするだけの余裕がなくなればいい。

「もうちっと、爺は労って欲しいもんやけどなっ、とぉ！」

近付いた人間の顎に一発。体が揺れたその刹那、通り抜けて置き去りにする。相手も数だけは多く、すぐに次が雪崩れ込む。強くはないが面倒くさい。迎撃をと腕を突き出す前に、向日葵の使役する鬼が人々を取り押さえる。

「お、助かるわ」

おかげで辿り着くまでの道が見えた。

ここまでくれば十分、手には紙燕がある。ひとたび放たれれば刃となる一羽の燕。この距離なら外しようがない。悪いがお前の妹の命、ここで断たせてもらう。

「かみつ――――がっ」

染吾郎は右手を翳したが、一撃を放つことはできなかった。

ごっ、と短く鈍い音が響き視界が揺れる。顎に痛みが走り、頭の中がぐるぐると回る。なにが起こったのか分からない。ただ体がうまく動かず、敵の前で無様にもたたらを踏む。

顎を打ち抜かれたのだ。

それに気付いたのは、たっぷり数秒は経ってからだ。打撃が見事に決まり脳を揺らされた。そのせいで平衡感覚を失い足元が覚束ない。

「なに、が」

古椿は噂になるほど人間を操り集めていた。そいつは南雲叡善の餌の確保であり、同時に彼を追う退魔をおびき出すための罠だった。だとすれば次の一手がある。噂に誘い出されたものを始末するための仕込みがあるはずだと染吾郎は推測していた。だからこそ不用意に狂骨を使わず、変化する状況に対応できるよう備えていた。にもかかわらず、こうして奇襲を喰らってしまった。

揺れる視界の中に収めた無貌の鬼、古椿の陰からゆらりと何かが出てくる。空気が歪んだように見えたのは、意識が朦朧としているからではなかった。

『くだらねぇな、やっと与えられた仕事がお守かよ』

現れたのは低めの背丈に反して筋骨隆々とした黒い鬼だ。鋭い牙と、それ以上に鋭い目がいやに印象的だった。

「おま」

なんだ、お前は。問おうとしてもうまく口が回らない。まだ揺らされた頭が回復していなかった。

『偽久。南雲叡善に与する四匹の鬼、そのうちの一匹だ』

名乗りを上げる鬼からは思惑を感じない。むしろ甚夜のような、堂々とした古臭い男の匂いがした。それだけに警戒を強める。こいつには尋常の勝負ならば誰にも劣らないという自負と、それに見合った力量があるのだ。

「……狂骨っ」

無理矢理に体を動かし、左腕の腕輪念珠に宿る骸骨の付喪神を繰り出す。既に鍾馗の短剣を息子に譲り渡した今、染吾郎に使役できる付喪神の中では最大の戦力だ。

狂骨を前面に配置し、まずは距離を取らねば。後ろに下がろうとして、それもできなかった。ぎしりと骨が鳴り、足に痛みが走った。足首を何者かに掴まれている。異形の腕が空間から生えて、染吾郎をしっかり固定していた。先ほど現れた鬼に視線を向ければ、左腕の先の空間が歪んでいる。

「腕の先、だけの瞬間移動……っ？」

空間と空間を繋げる力とでもいうべきか。体の一部分を短距離転移させて攻撃するのが、あの鬼の力。先ほど顎を打ち抜いたのは瞬間移動させた拳なのだろう。だとすれば、狂骨を立て並べたところで意味がない。

「あがぅ……！」

転移した拳を避けることも防ぐこともできなかった。腹へ一発、体がくの字に曲がる程の衝撃が突き抜けた。

その程度で済んだのは、福良雀の守りのおかげである。師が作り、紆余曲折を経て染吾郎の妻の元へたどり着いた福良雀。どうかこれをお守り代わりにと差し出してくれた妻の優しさが、染吾郎の命を繋いだ。

守りを固めても意味がない。気付いた時点で狂骨は攻撃へと転じている。だが、偽久は踏み込んで体を捌き、肘を支点に放つ右の裏拳で骨を殴打する。鬼でありながらその体術はひどく滑らかだ。わずかな挙動に重ねてきた練磨の質を知る。

一撃では狂骨は砕けない。それが分かると偽久はすぐさま腰を落とし肘打ちに繋げる。まだ止まらない、右足を軸に全身の筋肉をしならせ掌底を繰り出す。

「おいおい、勘弁せえよ……」

ようやくまともになってきた頭が痛くなる。特別な力ではなく、井槌のように重火器も使わない。純粋な体術をもって、偽久は狂骨を粉砕して見せたのだ。

『まさか反撃してくるとは。年寄りの割に気骨があるな、秋津の四代目』

鼻で嗤いつつも、どこか楽しそうに口の端を吊り上げる。

染吾郎は強く奥歯を噛んだ。確かに全盛期から考えれば彼は衰えている。それでも稀代の退魔と謳われるのは、衰えた今でさえ数多の怪異が敵わないほどの力を有しているからだ。染吾郎にも相応の自負というものがあり、並大抵のあやかしには劣らぬと考えていた。だというのに、まさか大正の世にこれほどの鬼が潜んでいるとは。

『稀代の退魔の称号は伊達じゃない……が、惜しい。もう少し若けりゃ、楽しめただろうに』

「別にお前を楽しませるために、退魔やってるんちゃうわ」

『そらそうだ。とはいえお守に餌集めとくだらない仕事かと思えば、中々に歯ごたえがありそうだ』

こういった手合いは過去に何度かやり合ったことがある。戦うこと自体に重きを置く、闘争に酔う。有体にいえば「戦えれば何でもいい」と考える輩である。こいつが南雲叡善に付いたのは思想ではなく、単純に戦いを求めてのことなのだろう。その意味で偽久は悪辣ではないが、厄介には変わりない。結果として叡善の目的が果たされてしまうのならば、偽久自身の性質がどうであれ関係ないのだ。

『秋津の四代目、手合わせ願おうか』

「ごめんやな」

『いいのか？　古椿を止めねえと、この人間どもは糞爺の餌になるぞ』

秋津染吾郎を継いだ者として、あやかしの犠牲となる人々を見捨てるのは抵抗がある。だが、人間を操る古椿と高い力量を持つ偽久。同時に戦うのは分が悪かった。少なくとも、準備もなく打倒できるような相手ではない。若い時分ならともかく年老いて冷静さを身につけてしまった染吾郎では、義憤に駆られ飛び出すような真似はできなかった。

「秋津さん」

「分かってる」

ともかくここは逃げる。意見は完全に一致していた。

己の無能さに染吾郎は歯噛みする。

『おい、退魔が人を見捨てて逃げんのか』

「ほんまいやらしいこと言うてくれんなぁ。すまんけど、退かせてもらうわ」

退却を決めてからの行動は早かった。狂骨を次から次へ生み出して偽久へと向かわせる。対する偽久は丁寧に一体ずつ砕いていく。己が鍛え上げた付喪神が見るも無残に打ち倒される姿は多少引っ掛かるものもあるが仕方ない。

「ああ、せやけど最低限の仕事だけはやっとこか」

偽久が驚愕に目を見開いた。

気付いたところでもう遅い。奴が対処に手間取っているうちに、さらなる狂骨で人々をさらう。現状古椿をどうにかするのは不可能でも、操られた人間達を無理矢理この場から離すくらいはできる。

最後に向日葵の使役する鬼が染吾郎を担ぎ上げ、一気に距離を離していく。それを偽久は確かに見ており、だというのに追撃の一手はない。

去り際に見た鬼の目は心底つまらなそうだった。

「追う気は、なしと」

十二分に距離を取ってから、染吾郎はぽつりと呟いた。

「あの鬼は、噂を聞いて古椿に辿り着いた者を始末するのが役目だと思ったのですが。どうやら心から南雲叡善に従っている者はいなさそうですね」

「そらそうやろ、あんな糞爺。ま、追ってこんかった理由は別にありそうやけどな」

単純に追う価値もないと思われたのかもしれない。

秋津を継いだ者がこの体たらく。しかしへこたれている場合でもない。

「なあ、操られた奴はどうにかできるか?」

あくまでも距離を離しただけであり、人々は未だ古椿の制御下にいる。同じマガツメの娘ならあるいは、という小さな期待だ。

「分かりません。ですが試してはみます」

「任せる。あとは、あいつんとこ行くか。思った以上に叡善が動くんが早いかもしれん」

古椿が以前からああやって人を集めていたとすれば、既に叡善は相当数の命を溜め込んでいるだろう。溜那を奪還するための手はずはかなり進んでいるはず。

染吾郎は予感に肩を震わせ、ぐっと拳に力を込める。妥協による平穏は早々に崩れようとしていた。

染吾郎達が逃げ去った後のことである。

全ての狂骨を砕き偽久は立ち尽くしていた。心ここにあらずといった様子で、染吾郎の去っていった先を眺める彼は寂しそうに呟いた。

『つまんねぇなあ……』

零れる呟きは沈んで消える。

まるで迷子の泣き声のような頼りない響きだった。

夜の騒動の翌日、藤堂芳彦は暦座で仕事に精を出していた。

相変わらず連日盛況で、モギリに清掃にと仕事は引っ切りなしである。キネマ館を訪れる客は多種多様で、それを観察するのも芳彦の楽しみの一つだった。

相変わらずといえば、今日も希美子がキネマを見に来ている。いつもと違うところは連れがいることだろうか。

「ああ、やはりキネマは素晴らしいですね。そう思いませんか、溜那さん？」

「……ん」

話しかけた相手は希美子より少し年下だろう。小柄で色白、長い黒髪を三つ編みにした綺麗な少女だった。

一目見た瞬間、心臓がとくんと脈を打つ。外見は幼げだというのに、髪を弄る仕種やわずかな所作に妙な色香があって、芳彦はわずかに顔を赤くした。

「あら、芳彦さん。御機嫌よう」

つい呆けてしまった。誤魔化すように笑って希美子の方へと歩み寄る。

「えっと、希美子さん。もう清掃に入りますから」

「すみません、いつもいつも。溜那さん、行きましょうか」

「ん」

二人は手を繋いでいる。なんとなく微笑ましいものを感じて芳彦は頬を緩めた。

「仲がいいんですね」

「はい。溜那といって、爺やの姪(めい)にあたります」

芳彦はまだ爺やという人と喋ったことがない。顔を見かけた時に会釈程度はしたが、呼び方に反してまだ若かった。希美子が慕っているし気のいい青年ではあるのだろうが、いまだに謎の人物のままである。

「最近は、どこへ行くのも溜那さんと一緒です」

「そうなんですか?」

「はい、物騒だからと。爺やは心配性ですから」

そう言いながらも表情は柔らかい。それにしても、彼女が来た時に連れていたのは溜那だけだった気がするのだが……。

「お嬢様」

いつの間に現れたのか。長身で筋肉質な男が希美子の傍に立っていた。

「爺や。お待たせしてしまいました」

「いえ、お気になさらず」

当たり前のように会話しているが、間違いなく芳彦が入ってきた時にこの男はいなかった。現状が全く頭に入ってこず、二人のやり取りを戸惑いながら見ていることしかできない。

「溜那も、楽しめたか？」

「ん」

わしわしと溜那の頭を撫でる。その対応は希美子を相手にする時よりも乱雑だ。言葉こそ返さないが溜那は気持ちよさそうに目を細めている。

ひと段落ついて、男は芳彦の方に向き直りすっと腰を折った。

「ご挨拶が遅れました。赤瀬家の家内使用人、葛野甚夜と申します。こうしてお話しするのは初めてでしたね？」

「は、はい。藤堂芳彦です」

急に声をかけられて慌てたせいで、引き攣ったような声になってしまった。

「お嬢様から聞き及んでおります。大層お世話になっているそうで」

「いえ！　そんな。というか爺やさん、ですよね？」

確認のために問うと、甚夜は気を悪くした様子もなく穏やかに答えてくれた。

「はい、お嬢様からはそう呼ばれております。お嬢様の母君が私の名をじいやと間違えたのが最初です。いつの間にか、定着してしまいました」

笑みというにはあまりにささやかで、見逃してしまいそうになる。けれど声色は優しく、彼にとって大切な思い出がそこにあるのだと知れた。

「あ、じゃあ」

「甚夜が爺やになっただけで、呼び方に意味はありません」

爺が若くて驚いたようでしたので。そう付け加えた甚夜は無表情で、からかっているのか怒っているのか判別がつかない。どう反応すればいいか分からず、とりあえず芳彦は愛想笑いを浮かべた。

「あ、はは。すみません。年齢あんまり変わらなそうなのに爺やって変だなとは思ったんですけど、そういう理由だったんですね」

「一応、お嬢様とは一回り以上離れていますので、年寄りであることは事実です」

ということは三十歳前後か。多少驚きつつもしばらく会話を続けていたが、甚夜は表情こそあまり変わらないが折り目の付いた人物で、予想していたよりも話しやすかった。希美子に苦言を呈する場面もあるが、その端々には気遣いが見え隠れしている。

「爺や、そろそろ行きましょう？　芳彦さんを困らせてはいけませんから」

ひとしきり話し終え、希美子の一言に甚夜が居住まいを正す。

「そうですね。すみません、藤堂様。長話に付き合わせてしまって」

「そんな、こっちも楽しかったですから。あと爺やさん、敬語なんて使わなくていいですよ。僕の方がだいぶ年下なんですし」

「ですが」

「お願いします、緊張しちゃいますから」

短い時間だったが希美子の仲立ちもあり話は弾んだ。甚夜のことも嫌いではなく、芳彦としてはもう少し砕けてくれた方がありがたい。年上にここまでかしこまられるのはやり難かった。

「では、芳彦君と」

「はい、それくらいの方がいいです」

甚夜はしばらく考え込んでいたが、結局は降参して受け入れてくれた。代わりに何故か希美子が不満そうにしている。理由が分からず、芳彦はただ困惑するしかできなかった。

希美子の機嫌が直るまで雑談をしていたため、気付けば清掃の時間が短くなってしまっていた。芳彦は見送りがてら甚夜達と一緒に暦座の入口まで向かう。すると上擦ったような男の声が聞こえてきた。

「お、あった。やっぱり大衆娯楽の王様っていったらキネマだよな」

吊り目の青年と小柄で活発そうな女性。本木宗司と三枝小尋である。

「キネマって初めてだな。宗司は？」

「まあ、俺はそこそこ」

「へえ、骨董屋の跡取りなのにね」

「お前、馬鹿にしてるだろ？」

逢瀬かと思えば二人の会話に艶っぽさはなく、悪友同士で遊びにきたといった雰囲気だ。

「すいません、お客さん。いま上映終わったばかりで、次の回はまだ先なんです」

暦座に入ろうとしていたので、出鼻をくじく形で申しわけないが一言伝えておく。

おそらく青年は女性にいいところを見せたかったのだろう。失敗を悟ると恥ずかしさからか、いたたまれない様子だった。

「あぁ、そうですか。しまったな……」

「そこはちゃんと調べておこうよ。ほんと、迂闊だね」

「くそ、小尋に言われるとは」

言い争いというよりは悪意のないじゃれ合いの方が近い。遠慮のないやり取りからは、家族のような親しさが感じられた。

「芳彦さん、お二人からは甘やかなものが感じられます」

「駄目ですよ、希美子さん」

希美子にはまったく別の関係に見えているらしい。興奮気味に耳元で囁く彼女は、奇妙なくらい嬉しそうだった。

「恋仲なのでしょうか。失敗はしましたが、きっとデイトの計画を練っていたのでしょう。ふふ、まるでキネマのようですね」

「あはは、希美子さんって案外下世話ですね」

「その言い方はひどくありませんか？」

希美子が頬を膨らませる。しかし、お客様の深い事情には突っ込まないのが客商売の基本だ、邪推して怒らせてはこちらが困る。

「仕方ないか。ちょっと時間つぶしてから来ます」

「あ、いえ。またよろしくお願いします」

彼らは芳彦ではなく甚夜の方をちらりと見てから小さく会釈をした。

不思議だったが芳彦も深々とお辞儀をして彼らを見送る。

何か気になることでもあったのか、急に希美子が短く声を上げた。

「どうかしましたか、希美子さん」

「いえ。あの二人、どこかでお顔を拝見したような」

「あの人達も華族様ですか？　人は見かけによらないなぁ、ってこの言い方は失礼ですね」

感心する芳彦とは裏腹に、希美子の雰囲気は先程の大騒ぎとは打って変わって重苦しい。

「本木宗司と三枝小尋。あの時、夜会にいた二人ですね」

先回りするように甚夜が答える。

「やはりそうですよね。私たちに気付かなかったのでしょうか」

「いえ」

甚夜達は芳彦には聞かせないよう小声で話し合っていた。気にはなったが踏み込み過ぎるのも失礼かと意識を他に向ける。先程の二人はまだ言い合っているようだ。そちらも遠すぎて内容までは把握できないが、喧嘩するほど仲がいいを地でいくような間柄に見えた。

「ですが、無事で本当に良かった」

安堵の吐息と共に漏れた言葉の意味を芳彦は理解できない。ただ、楽しそうに小さくなる後ろ姿は、希美子の言うようにキネマの一場面を思わせた。また次の機会にでも二人で暦座に来てくれたなら嬉しい。すれ違う程度の出会いだったが素直にそう思った。

だが、彼等と会うことは二度となかった。

翌日、三枝小尋は古結堂から姿を消した。

3

空にはのっぺりとした雲が薄くかかり、昼間だというのに随分と暗い。

南雲の別邸の縁側に腰を下ろし、偽久が乱暴に酒を呷（あお）っている。井槌は荒れた様子を横目で見ながら自身も一口呑み、喉を通る熱さに息を吐いた。

「苛々してんなぁ、偽久」

「そりゃそうだろう。爺の命令とはいえお守に餌集め、稀代の退魔も名前ばかり。くだらねぇ」

「秋津の四代目はかなりやると思うが。まあ気持ちいい仕事ばかりじゃねえさ。できりゃ代わってやりたいが、力不足ですまん」

ガトリング砲を担いで護衛は目立ちすぎるし、吉隠の力もこういう場合は役に立たない。町中での戦いは偽久が最も適しているのだ。叡善もそれを見越したうえで配置したのだから、判断は決して間違いでもない。だからこそ鬱憤を晴らす先を見出せず偽久は苛立っているようだった。

「別にお前に文句があるわけでもなし、気になるってんならこの酒で許してやるよ」

「ありがてえ。そら、もう一杯」

「おう」

快活に笑いながら盃（さかずき）に酒を注いでやる。一息で呑み乾すのは井槌の気遣いを汲んでのことだろう。安物ではあるが気分が良ければ酒もすすむ。薄暗く風情のない空の下酌み交わす、たまにはこんな日も悪くないだろう。

「あれ、男だけで愚痴を肴にお酒？」

もっとも最後まで穏やかに終わるとは微塵も思っていなかった。呑んでいる井槌達の背後から声をかけてきたのは、暇そうにしていた吉隠である。

「鬱陶しいからすり寄ってくんな」

偽久があからさまに不機嫌な顔をした。井槌自身はどちらかに肩入れをしているわけでもないが、せっかく穏やかに酒を呑んでいたのだから、できれば喧嘩は勘弁してほしかった。

「ぼくは井槌に話しかけたの。たまたまそこに偽久がいただけでしょ？　だいたい、なに憂鬱気取ってんの？　やだやだ女々しい男って」

「黙ってろ。男か女かも分からねえ面しやがって」

井槌も思わず頷いた。背が高く髪も短く切り揃えてはいるが、線が細く輪郭の柔らかな吉隠は女性のようにも見える。それなりに付き合いはあるが、この鬼は今もって性別不詳だった。

「なあ、吉隠よ。正味の話、お前は男なのか？　それとも女か？」

「今さらそれを聞くかな」

「いや、気になってはいたんだが、なかなか機会がな」

一度考えると興味が湧いてきてしまう。単純な好奇心からの問いに吉隠が肩を竦めた。

「別にいいけどさ。っていうか、どっちもだよ」

「は？」

「だから、どっちも。ぼくは半月（はにわり）だからね」

はにわりとは弦月・弓張月の異称である。古い文献では一か月の半分が男陰、もう半分が女陰となるのだという。半陰陽やふたなりとも呼ばれ、男女両性の特徴を備えた、あるいは両性の特徴を持たないなど分類できない性を指す言葉だった。

『古事記』では、天地開闢（かいびゃく）の際に現れた三柱の神、天之御中主神（あめのみなかぬしのかみ）・高御産巣日神（たかみむすひのかみ）・神産巣日神（かむむすひのかみ）を造化三神と呼ぶ。この神々はいずれも性別のない独神（ひとりがみ）、即ち男でも女でもない神だとされている。

男でもあり女でもある。男でなく女でもない。実存の性から逸脱した特質は、古来日本では尊きものだと信じられた。独神は「国を産む神」を産む尊い存在。故に、独神と同じく男性でも女性でもないはにわりは完璧な性であり、現世において最も神に近しいと考えられた。また、その特性から神降ろしを行う巫覡（ふげき）に最も相応（ふさわ）しいと言われる。

男神、女神、独神。

はにわりはあらゆる神性をその身に降ろせる器であり、現世に神仏の加護を伝える神の使者でもあった。

「はに、はにわり？」

「ほんと馬鹿だね、井槌は。だから男で女、両性具有ってやつ」

しかし時代は流れる。男性器と女性器を持つはにわりは、医学の発展により病気の一種と区分されることとなった。同時に神への畏敬が消え去った近代では、神に近しいという評価に何の価値もなく、男性でも女性でもない「気持ちが悪いもの」として扱われた。

かつて神に近しきと崇められ、時代に異常と断ぜられたもの。それが大正時代におけるはにわりである。

「りょうせいぐゆう……男でも女でもないってことか?」

「逆だよ、男でも女でもあるの。分かりやすく言うと、胸も穴も棒もあるってこと」

「いやお前、もう少し恥じらいというものを」

「恥じらいもって遠回しに言っただろ!　理解できないのは井槌の頭が悪いせいじゃないか!」

吉隠は大声を上げる。珍しく演技ではない怒りを見せていた。

「井槌、そう突っ込むな。気持ちいい話題でもねえだろうが」

いつもとは違い、井槌と吉隠の言い争いを偽久が止める形になった。視線も向けず酒を呑みながらの片手間の仲裁ではあったが、吉隠が意外そうに目を見開く。

「あれ、偽久がぼくのこと気遣うなんて。明日は雨か槍かな?」

人の世を覆そうとする南雲叡善に従うはにわり。偽久には吉隠が周囲からどのような扱いを受けていたか、想像がついたのかもしれない。

「酒がまずくなるから止めただけだ」

偽久は心底鬱陶しそうに酒を呷っている。

「ふむ。つまり一応は女でもあるわけか。よし、吉隠。今度一緒に呑みに行くか」

井槌はあえて軽薄な物言いをした。場を和ませるには少し下世話だが、酒の席なら冗談で終わるだろう。

「あはは、そんな下心隠さないお誘い初めてだね。殴るよ？」

手をひらひらとつれない態度で吉隠が流す。多少なりとも空気が和らいだなら目的は果たせた。

「あっと、こんなことしてる場合じゃなかったや」

「ん、なんか用事か？」

「お仕事に行くんだ。叡善さんに仰せつかってね」

皮肉めいた言い方に、頭から叡善に従っているわけではないのだと分かる。その割に楽しそうにしているのが井槌には不思議だった。

「ほう？　随分と楽しそうじゃねえか」

「そりゃ趣味には合ってるからね。殺すなが絶対条件で、それ以外の過程は問わないっていうんだから気楽だよ。終わったら暦座に寄ろうかな」

殺さずに連れてくるというのは、この鬼にとっては一番楽な任務である。

「まあなんだ。あんま無茶はすんなよ」

うか。


「分かってるって」

そう言った吉隠は振り向くことなくその場を後にした。

井槌はすっかり温くなってしまった酒を喉に流し込む。味が濁ったように感じたのは何故だろうか。

三枝小尋は普通の感性を持った少女だった。

彼女の家は退魔とは名ばかりで、退魔の名家としてあり続ける久賀見や最強と名高い秋津、それどころか古い器物に宿る魂を相手取る本木にすら劣る。そもそもが民間除霊師の真似事程度でお世辞にも力があるとはいえず、近代化と共に廃れてとっくの昔に市井へ下った家系である。

そういう家だから代々伝えてきた技術もなく、残ったのは似たような格の低い退魔である本木の家との繋がりくらいだ。そんなものでも大切にしたかったのか、小尋の祖父は「勉強のため」と銘打って古結堂に孫娘を預けた。

それが本心だったのか、かつて退魔としてあった家の自尊心ゆえの行動だったのかは分からない。しかし小尋にも不思議な世界への興味があり、喜んで本木の家に行った。幸い快く受け入れてもらえ、孫の宗司も好意的で居心地は悪くなかった。

宗司は年齢こそ若いがその能力は高く、色々と奇妙な依頼を請け負ってきた。想いの籠った合貝や恋をする屏風。悪戯好きな根付に、悪夢を退ける蚊帳。宗司は一つ一つ真摯な態度で接していく。物には想いが宿るというけれど、彼はその想いを大切にする。魔を討つのではなく、諭して穏やかな眠りを与えるのが本木の家の生業だ。

それが小尋には眩しかった。日本は近代化を果たし、巷には大量生産品が溢れている。その中で失われていく古い物にこだわる古結堂は時代遅れでしかなく、ただ小尋はその在り方に密かな憧れを抱いていた。

「お客さん、来ないなぁ」

仕事を頼まれて宗司が店を離れているため、今は小尋が一人で店番をしているところだ。

彼女自身には大した力はなく、せいぜい一般人よりも勘が鋭い程度。赤瀬の夜会に参加したのは宗司の気遣いに他ならない。店番といっても退魔の真似事はできない。やれるのは普通の客の相手くらいだった。

「こんにちは。あれ、小尋ちゃんだけかな？」

程なくしてようやく客が訪れた。といっても今まで何一つ買っていったことはない、いつも骨董品を眺めて宗司や小尋とひとしきり話して帰っていく妙な人物だ。

「あ、こんにちは吉隠さん」

「宗司君は？　ちょっと用があるんだけど」

「ごめんなさい。宗司ならちょっと前に仕事に」

「なんだ、残念」

吉隠は大げさに肩を落としてみせる。この性別不詳のお客は宗司をからかうのが楽しいのか、最近よく足を運んでくれる。売り上げには貢献はしないが、顔を見せてくれるだけでもありがたい存在ではあった。

「どうしようかな」

「伝言でもしときましょうか？」

「ううん、どっちにしろ本人がいないと駄目だし。ああ、小尋ちゃんでもいっか」

何度も頷き一人で納得していた吉隠は、いきなり満面の笑みを小尋に向けた。

「ねえ小尋ちゃん。女の子に頼むのはちょっと気が引けるけど、少し手伝って欲しいことがあるんだ。いいかな？」

「それは、内容にもよりますけど」

「簡単だから大丈夫だよ」

張り付いたような笑顔は変わらない。

客のいない店内では靴音がやけによく響く。

「ちょっと、一緒に来てもらえる？」

嫌味なほどに甲高い音を立てて吉隠は小尋の傍まで近寄り、抜き手で少女の心臓を貫いた。

「ただいま。って、おい小尋？」

それからしばらくして宗司は古結堂に戻った。

店番を任せたはずの小尋がどこにもいない。店内は何故か鉄錆の匂いがする。

「あいつ、どこいったんだ」

ここでなにがあったか、本木宗司は最後まで知ることはなかった。

吉隠は人を殺すのが嫌いだと公言して憚らない。だから偽久をひどく嫌悪している。

あの鬼は簡単に人を殺す。一般人だろうが強者だろうが分け隔てなく、容赦なく殺してしまう。胸糞悪い話だ。何も考えず人を殺せる奴が吉隠は大嫌いだった。

勿論、不殺を気取るわけではない。ただ最低限の礼儀として命は大切にしたいし、特に女を殺すなんてもっての外だと思っていた。だからこその力だったのかもしれない。

「小尋ちゃん、大丈夫？」

頭部を掴まれたまま持ち運ばれている小尋は、呻き声を上げることしかできない。その顔はどうしようもないくらい絶望し切っていた。

「ここがぼくたちの今のねぐら。叡善さんの別邸だよ。いや、華族様ってすごいよね。こんな豪勢な屋敷が別宅なんだから」

朗らかに笑う吉隠は、古結堂に客として訪れた時と同じ表情をしている。それが小尋には恐ろしく感じられ、かすれた空気が喉から漏れた。

「さて、もうちょっと遊ぼっか？」

少女の目に滲んだ涙は血と混じり合ってすぐに消えた。

吉隠の力は〈戯具〉。その能力は実に単純で、自分以外の対象一人を死なせないことである。吉隠が人を殺したくないというのは本心であり、事実小尋は死んでいない。

「おね、おねがぃ。ころ……してえ……」

たとえ心臓を貫かれても彼女は生きている。両手両足が千切れ内臓を引きずり出され、頭蓋を叩き割られても特に問題はない。痛みがあるだけで意識を失うこともなく、吉隠が異能を解くまで命は続く。戯具の名の通り、命をおもちゃにするのが吉隠の力である。

「もう、小尋ちゃんってば。そんな悲しいこと言わないでよ。どんな時でも生きることを諦めたらだめだよ。叡善さんの命令だし、いつまでも生かしてはおけないんだけどさ」

せっかくの命ならば全力で楽しむのが最低限の礼儀だろう。それを一瞬で終わらせるなど命に対する冒涜だ。

「でも大丈夫、屋敷には下位の鬼もいくらかいるんだ。そいつらに君の相手をするよう手はずは整えているから、退屈はしないよ。多少乱暴に扱われても死ぬことはないから存分に楽しんでね」

肺も喉も壊れている。死なないだけで、人としての尊厳は既になくなってしまった。

だから吉隠の発言は独り言にしかならない。

追い詰められたせいか、小尋は逃げ出そうと唯一残された道を選んだ。聞こえた嫌な音に吉隠は朗らかな笑顔を見せる。

「ああ、駄目だよ。何度も言ってるでしょ。小尋ちゃん、ぼくは君を殺す気ないんだって」

おそらく自分で舌を噛み切ったのだろう。しかし無意味だ。舌が千切れても死ねず、小尋はこれから起こることを受け入れなくてはならない。意識が続く限り彼女はあらゆる痛苦を味わうことになるのだ。

「おい、叡善の爺様がお呼びだ。遊んでんじゃねえ」

意気揚々と少女の頭部を持ち運んでいた吉隠はぴたりと歩みを止めた。偽久が心底不愉快といった態度で、吉隠の行く手を阻んでいた。

「なんでもうちょっと後に声かけてくれないのかな。せっかく小尋ちゃんを楽しませてあげようといろいろ準備してたのに」

「黙れ下衆(げす)。命令には従えや」

「下衆って、君だって人を殺してるじゃないか。なのにぼくだけ責められるのはおかしくないかな？」

互いに嫌悪感を隠そうともしない。吉隠がそうであるように、偽久もまっすぐに嫌悪を向けてくる。理解し合うなどあり得ないと分かっているだろうに、それでも偽久は言葉を止めなかった。

「なるほど、人の命を奪う俺は確かに外道だ。だがよ、てめえみたく踏み躙ったことは一度もねえ」

「前も言ったけど、君のそういう潔癖症なところ嫌いだな。過程がどうでも殺すのは一緒だろうに。綺麗に殺せば罪がなくなるとでも？　あんがい冗談がうまいんだね」

嘲笑えば左手で掴んだ小尋の頭部も一緒になって揺れる。少女の痛苦と偽久の無様さを同時に楽しめるため一挙両得だ。

正反対ではあるが、吉隠は偽久の在り方を理解している。あの鬼は命のやり取りを至上と信じ、その結果強者を殺すことに至福を覚える外道である。だが強者を倒す悦楽は覚えても、弱者を弄る趣味はないのだろう。

強さとは命を磨き上げた者が至る境地だ。だからこそ奪う価値がある。人が鬼よりも遥かに短い生涯をかけて鍛えた全てを真っ向からぶち壊し、そのうえで命の輝きを刈り取るからこそ楽しいと感じる。

歪んではいるが、偽久は人の命を尊いと信じているのだろう。

「命を奪うのは一緒。なら一瞬で刈り取る君より、大切に扱う分ぼくの方がましだと思わない？」

吉隠もまた、人の命を尊いと信じていた。

殺すのは仕方ないにせよ、一瞬で殺すなんて勿体ない。脆く儚いのなら、大切に扱って精一杯楽しまなければ申しわけが立たないと考える。互いの意見は平行線であり、交じり合うことはあり得ない。

空気が張り詰める。向ける眼差しは敵に対するそれだった。

「随分と遅かったのう、吉隠よ」

あわや殺し合いが始まる、というところでしわがれた声が通った。

南雲叡善は命をたらふく喰らったおかげで傷も癒え、表情も以前より生気を感じさせた。

「小僧ではなく小娘の方か。いや、どちらでも構わんが。そのまま運んでもらおうかのう」

「……はあい」

肩透かしを食らい、不満から投げやりに返事をする。叡善は気にした様子もなく、年寄りらしからぬ機敏さで屋敷の奥へと向かった。信の置けない者達に背を向けるのは、誰にも殺せないという絶対の自信だった。

結局、小尋を楽しませてやれなかった。

少しかわいそうだと思いながらも、吉隠は渋々と叡善に従った。

「で、一応目的は果たしましたよ」

「ようやった。では、さっそく始めるとしようかの」

辿り着いた薄暗い奥座敷には無貌の鬼がいる。古椿。マガツメの娘にして叡善の忠実な手駒である。

状況が飲み込めず小首をかしげる吉隠に、淡々とした口調で叡善は告げた。

「マガツメの娘は、それ単体では出来損ないだ。他者を取り込んで初めて自意識をなすのだ」

地縛が南雲和紗の魂を縛り付け、東菊が白雪の頭蓋骨を取り込んだように。

だから古椿は無貌、現状の彼女はまだ何者にもなり切れていない。

「初めは適当に選ぶつもりだったが、せっかくだ。秋津染吾郎にも楽しんでもらおうと思ってのう」

叡善の目は仄暗く濁っている。

「もしも秋津が判断を間違えなければ、和紗が死ぬことはなかった。その恨みは無能の弟子たる四代目にとってもらう」

そのために染吾郎が親しくしていた若造を利用する。過去に縛られた老人はひどく醜悪な笑みを浮かべていた。

「では、それを古椿に」

半壊した肉を雑に放り投げる。無貌の鬼はそれを受け取ろうとはせず、しかし体に当たった瞬間に小尋は捕食された。

骨が砕け体液を啜られて、次第に小尋の肉が古椿に溶け込んでいく。不気味で凄惨だが、見世物としては面白いものでもない。吉隠は欠伸をしながら眺めていたが、叡善の目は愉悦に満ちている。

こうして古椿は無貌ではなくなった。

「なんだか、悪い夢でも、見ていたみたいですね」

そこにいる鬼は、三枝小尋と全く同じ姿をしていた。


その翌日、吉隠は昨日行けなかった場所に足を運んだ。叡善の命令ではなく自身の楽しみのためだった。

暦座に着くと既に上映中であり、暇を持て余している芳彦の姿があった。手引きの仕事があるため持ち場から離れられず、椅子に座って足をぶらぶらとさせている。楽ではあっても手持無沙汰のようで、つまらなそうに溜息を吐いていた。

「やあ、芳彦くん元気？」

「あ、吉隠さん」

仕事というだけではない自然な笑顔に迎えられる。

「もう上映始まってますよ。途中だけど入りますか？」

「ううん、今日はさ、キネマ見に来たんじゃなくて芳彦くんに会いに来ただけ。一つ仕事が終わったから息抜きだよ」

直接的な言い方に照れているようで、芳彦は顔を赤くしている。悪意のない彼の態度は清々しいものだった。

「あはは、嬉しいですね」

「ぼくも芳彦くんに会えて嬉しいよ。きっと希美子ちゃんも同じだと思うな」

思ってもみない名前が出てきたせいか、不思議そうに聞き返してくる。その反応こそが見物であり、吉隠は心からの笑顔を向けた。

「実はぼくね、南雲のお屋敷で働いてるんだよ。当然、あの娘のことも知ってる」

「南雲って、確か赤瀬の本家でしたっけ？　妙なところで繋がりがあるんですね」

「本当だよね」

言いながら吉隠は懐に手を伸ばす。

「だからね、希美子ちゃんにとって芳彦くんがとても大切な友人だってことも知ってるんだ」

「なんか、照れますね」

「初心（うぶ）だなぁ。それで、こうも思うんだ。芳彦くんがお願いしたら、希美子ちゃんはそれを鬼喰らいよりも優先するんじゃないかなって」

耳慣れない単語に戸惑う芳彦をよそに吉隠はナイフを取り出す。それでもまだ反応は薄かった。おそらく相手が知人であるせいで、危機的状況だというのにそれをうまく飲み込めていないのだ。

目論見（もくろみ）はあっさり成功した。

芳彦の腹にナイフを突き立て、乱雑に押し込む。引き抜いて血に濡れた刃を見せつければ、そこでようやく刺されたのだと気づいたようだった。

「これがぼくの力。〈戯具〉を解くまで君は死なない。逆に言えば、解いたら死ぬ。意味は分かるよね？」

従っている間は生かしておいてやると匂わせる。芳彦は信じられないといった面持ちで吉隠を見た。

「鬼喰らいは動揺せずに、君を見捨てる。だけど希美子ちゃんは違う。君が頼めばちゃんと聞いてくれるさ」

返すのは今までとまるで変わらない笑顔だ。

「うん、これで鬼喰らいの勝ちの目は消えたね」

近いうちに甚夜と叡善は衝突する。

いずれ訪れる宴（うたげ）を心待ちにしながら、吉隠は健やかな空を仰いだ。

幕間　鬼への恨み言

巷の噂を追いつつ折を見て古結堂を訪ねるのが、東京での秋津染吾郎の日課だ。

初代秋津染吾郎は腕の良い金工だった。比喩ではなく魂が宿るほどに彼の造る細工は見事であり、それが高じて付喪神使いの術も生まれたのだという。だから秋津は職人としての在り方に重きを置いている。若かりし頃は術にばかりこだわった四代目染吾郎も、歳を取ったことで先代の教えを強く意識するようになった。

そのせいか、優しい想いの籠った骨董ばかりを扱う古結堂は居心地が良い。退魔の事情も理解してくれているため、ちょうどいい息抜きになっていた。

「あぁ、近頃は忙しすぎて爺には堪えるわ」

「そういう割にはよくここに来ますね」

「俺にも色々とあるんや」

古椿の一件で少なからず染吾郎は落ち込んでおり、古結堂に足を運ぶ回数が増えた。

店番の本木宗司は金を落とさない客でもよく相手をしてくれる。からかいすぎたせいで偉大な先達に対する尊敬は薄れてしまったが、仲の良い常連程度には見られているようだ。

「本木の爺様とも話してみたいんやけどな」

「爺ちゃんはたまにしか店に来ませんからね」

陳列されている陶器をそっと指で撫(な)ぜたが、埃(ほこり)一つつかない丁寧な仕事ぶりだ。

「ええ仕事や、孫にも見せてやりたいわ」

「ありがとうございます。特別なことはしていませんけど」

面倒を苦に思わない祖父の薫陶だろう。染吾郎にしてみれば真面目な気質が好ましく映るのだが、若者からするとあまりしっくりとはこないらしい。

「器物百年を経て、化して精霊を得てより人の心を誑(たぶら)かす。せやけど秋津の品はごく短い期間で付喪神となる。秘奥のように思われてるけど、別に大した真似はしてへん」

肩を竦(すく)めて染吾郎は小さく笑った。

「十年一緒におっても噛み合わん奴がおれば、十日で知己を得ることもある。心は時に過程を無視する。俺らの研鑽(けんさん)は、それを意図的に引き起こすためにある」

宗司はなにも言わず耳を傾けてくれている。それだけでも孫よりも上等だ。

「心血注いで器物を生み、共に過ごして想いを籠める。結果行き着くのが悪鬼か善鬼かは分からへんけど、その全てを受け入れる。敵を倒す力も不可思議な術も余技に過ぎひん。心で百年を縮めるんが秋津の技や」

かつての南雲は妖刀使いの名に相応しい、刀の心に寄り添う退魔だったと聞いた。しかし彼らは時代の流れに負けて凶行に走った。おそらく染吾郎の語る内容は古臭い説教でしかないのだろう。けれど店内は沢山の想いで満ちており、それを無視はできなかった。

「せやけど打算に応える魂なんかない。本音で向き合ってこそ繋がりは生まれるもんや。あんたは、それを誰に学ぶでもなく実践できてる。それ見てみい。ここにある骨董がみぃんな心配してるわ」

先代染吾郎の教えを、秋津とは関係ない小僧に伝えようと思ったのもそれが理由だった。普段世話してもらっている感謝か、骨董や絵、家具達も思い悩む宗司を気遣っているようだ。声は出せないし手も伸ばせないが、大切にされてきた器物は持ち主にそれを返したいと願うのだ。

「それは」

「なんや、どこの者とも知れん爺にゃ相談できひんか?」

冗談めかした物言いをすると、しばらく黙り込んでいた宗司は少しずつだが胸の内を明かしてくれた。

「本木の家は退魔を名乗るのもおこがましいくらいに弱いです。でも、それを嫌だとは思いませんでした」

宗司の祖父は、古結堂に時折舞い込む骨董にまつわる奇妙な事件を解決してきたのだという。たとえば以前、飾られることに疲れて描かれた花を枯れさせてしまった屏風があった。その時も祖父は屏風と根気よく話をして、見事に鮮やかな花を咲かせた。他にも九段坂の浮世絵や酔っぱらった招き猫など、悩みを抱えた品々と向き合ってきた。派手な活劇に羨望はあっても、宗司は祖父を尊敬しているのだと語った。

ただ本木の家は歴史が浅く、祖父にしても見鬼の才があった程度で退魔としての力量は低い。関わったほとんどの事件は、宿った魂と対話して納得してもらうことで決着をつけている。祖父の最も優れた能力とは、不満を溜め込んだ器物の心を開かせるその人柄だったらしい。

そういった家柄に生まれたため自身に大した力はないが、卑下せずにいられたのは三枝小尋の存在があったからだと宗司は嬉しそうにしていた。

「小尋のところはうちの親戚筋ですが、今では力をなくして普通の家になりました。古結堂に預けたのも修行というより、不可思議なものと縁を切りたくなかったからだと思います」

「あんまり、いいこととちゃうなぁ」

退魔という特別な存在だったから、今さら普通には戻りたくない。三代目の薫陶を受けた染吾郎からすると飲み込みづらい考え方だ。

「実際、小尋も別に心構えができた奴ではなかったです。むしろ楽しそうというか、興味が第一でした。年下のくせして俺を粗雑に扱うし、そもそも礼儀正しい振る舞いなんてできない。爺ちゃんには素直だけど不器用で仕事の失敗も多い。店の前の掃除ならともかく、品物の手入れをする際はいつも冷や冷やしていましたよ」

宗司は数え上げるように小尋との思い出を教えてくれた。

外見とは裏腹に生意気なところのある娘だが人懐っこく、仲良くなるのに時間はかからなかったらしい。親しくなってからも言い合いは頻繁にあったが、それも嫌いではなかったのだと彼は恥ずかしそうに語る。時折、辛辣な物言いをしていても裏にある親愛は隠し切れていなかった。

「だけど、あいつは喜ぶんです。見えないし声も聞こえていないのに、骨董や絵の悩みが解消されるたびによかったねって俺にではなく物に対して素直に言える」

ほとんどの人間は器物に宿る魂を見ることができないため、宗司が関わった事件について聞かせたとしても信じる人は少ない。もしかしたら過去には友人に語って嘘つき呼ばわりされた経験があるのかもしれない。

しかしなにも感知できないはずの小尋はそれを信じて賞賛し、器物の苦悩が解消されたことを素直に喜んだ。

「同じものが見えなくても同じように感じられる。なにより、あいつがすごいって褒めてくれたから、俺はどれだけ弱くても古結堂の技を好きになれた」

大正の世になって失われていく退魔の価値を彼は小尋に教えてもらった。傍目にはひどく細やかでも、宗司には天地がひっくり返るくらいの衝撃だったという。

そこまで口にして宗司は奥歯を強く噛みしめた。

「だけど今は、力のない自分が情けなくて仕方ない」

数日前に三枝小尋は失踪し、方々を探したが今も見つかっていない。

もちろん人間の凶行や本人の意思で去った可能性もあるが、染吾郎は古椿の存在を知っている。突然の失踪の裏には南雲叡善の企みが関わっている、それどころか既に喰われているかもしれなかった。

「秋津さん、あいつは」

「すまん、見つかってへん」

「いえ、こちらこそすみません。こうして店に来てくれるのは、俺の様子を見るためですよね？」

本人はうまく隠しているつもりなのだろうが、付き合いの短い染吾郎でもその憔悴が見て取れる。古結堂で空いた時間を過ごすのは、自暴自棄になって軽率な行動をとらないよう見張る意味もあった。

「せやな。夜に出歩いてるらしいしなぁ」

「ああ、知ってたんですか。大丈夫ですよ、ただ探しているだけです。俺が首を突っ込んでもどうにもならないって、分かっていますから」

本当は止めるべきだが、言って従うようなら最初から動いていない。染吾郎はあえて冷たく言い捨てる。

「心配すんなとは言うてやれへん。お前も退魔や、覚悟は決めとき」

「それも分かっています、でも」

楽観が許されるほど南雲は甘い相手ではない。暗に手遅れだと匂わせれば、俯いた宗司が底冷えするような声で言う。

「もしも何者かが小尋を害したというのなら、俺はそいつを許せない」

父母を鬼に殺されて憎んでしまった染吾郎は、返せる言葉を持っていなかった。

振り返らず店を出れば空は晴れやかで、少し足を延ばせばモダンな街並みを気持ちよく散策できるだろう。

諸外国の文化は日本に根付き、大正の世は華やかに彩られている。しかし新しい時代になれば悲しい出来事はなくなる、なんて都合のいい話はどこにも転がっていない。

「くそ、爺が足引っ張ってんちゃうぞ」

老いは若きに託して綺麗に去ってこそ敬われる。死に際まで見事だった三代目の弟子として、妄執にとらわれた叡善は決して許すことはできない。

忌々しいほど眩しい午後に染吾郎は舌打ちをした。

中西モトオ（なかにし もとお）

愛知県在住。WEBで発表していた小説シリーズ『鬼人幻燈抄』でデビュー。

鬼人幻燈抄（きじんげんとうしょう） 大正編（たいしょうへん） 紫陽花の日々（あじさいのひび）

2021年10月24日　第1刷発行

著　者　中西（なかにし）モトオ

発行者　庄盛克也

発行所　株式会社 双葉社
〒162-8540 東京都新宿区東五軒町3-28
電話 営業03(5261)4818
　　 編集03(5261)4852

印刷所　中央精版印刷株式会社

製本所　中央精版印刷株式会社

ISBN978-4-575-24457-1　C0093　
定価はカバーに表示してあります

双葉社ホームページ　http://www.futabasha.co.jp/
（双葉社の書籍・コミック・ムックが買えます）